U0134552

黑歷史

BLACK HISTORY

黑歷史 01

孤泣 著

九龍塘國際望德幼稚園。

可愛的幼稚園學生正好放學，馬路兩旁泊滿了名車，不是保時捷，就是勞斯萊斯，很明顯，來接學生的家長，不是名門，就是有錢人。

在校門前，正好有一個放學的小女生等待司機的到來，她圓圓的眼睛看著藍藍的天空，樣子非常可愛。

「小妹妹，妳……」

此時，一個看似三十多歲的黑衣男人走到她的面前，男人的左臉有一道長疤痕，怎看他也是……不懷好意。

歷史

十六年前，山頂皇家美術學院。

一所有錢人才有資格就讀的學院，來上學的學生不是出生富裕家庭，就是達官貴人的子女，大多學生都是經人脈入讀，除了少數的資優生，可得到資助入讀這所享負盛名的藝術學院。

當中包括他們，十七歲的白日黑，還有他的女朋友泉巡音。

他們二人從小在屋邨認識，都是對方的初戀情人，他們有一個共同的夢想，就是一起考入皇家美術學院。

年尾某電視台頒獎典禮。

這年的最受歡迎女歌手，由她連續兩年獲得。

「我要多謝很多人，包括我公司的同事、我的家人、有你們！一直深愛著我的粉絲！」她泛起了淚光：「這年來，讓我能夠走到這個頒獎台上，都是您們每一位歌的力量，謝謝您們！」

行只需要一百二十分鐘，而且

不過，知道他是一個怎樣的

04 受害者

「二選一。」白日黑用一個奸險的笑容說：「只要你把父親的賄賂資料交給警方，所有有關妳吸毒的影片將會全部銷毀。」

「不……我……」張梓綺在猶豫著。

「我沒強迫妳，都是由妳決定。」

白日黑拿出了手機，跟樣子非常驚恐的張梓綺來了一張自拍。

05 接近

中環整形外科中心。

這是全港最知名的整形醫務所，有錢人與大明星都是這裡的顧客。

為什麼這所整形中心會廣受名流歡迎？除了主診醫生的手勢一流，是因為他們對於整容顧客的資料是「絕對保密」。

而這所醫務所的主診醫生，就是纏習山。

06 童年陰影

你的童年過得快樂嗎？

還是應該問，你的童年充滿陰影嗎？

有不少的「黑歷史」都在童年發生，改變了孩子本來天真無邪的心靈，令他們經歷了最邪惡的人性。

內心中抹不掉的創傷一直纏繞著他們整個人生，被體罰、被毒打，甚至被侵犯，就像昨天發生一樣，腦海中不斷出現已經「回不去」的畫面。

黑

孤泣作品 29

07 第二步

一星期後。

彩粉來到了纏習山的整形中心。

「心情緊張嗎？」纏習山笑說：「不

是睡眠麻醉，妳醒來之後根本不知道發生

不知道他是變態醫生的話，這番說話

人後，就會覺得非常噁心。

序章

「每個人都有屬於自己的……黑歷史。」

集體欺凌同學，最後同學抵受不了跳樓自殺，是你的黑歷史。
人前表面愛護動物的妳，卻在人後虐待動物，是妳的黑歷史。
年青有為的你卻虧空公款，被人發現後革職，是你的黑歷史。
外表漂亮的妳，卻在一次喝醉後，當場失禁，是妳的黑歷史。
偷吃後，對方懷孕要她墮胎，墮胎後立即跟她分手，是你的黑歷史。
為了名牌手袋出賣肉體，被那個全身臭味的男人壓在床上，是妳的黑歷史。
被放上成人網的性愛影片、被欺凌強迫吃別人糞便、被揭發收受賄款等等……
都是你的黑歷史。
「黑歷史」的意思，就是不想讓人知道與提起的故事。
每個人都有屬於自己的「黑歷史」。

你的「黑歷史」又是什麼？

還是你覺得那些黑歷史根本就不「黑」，只是你暗裡真正的「本性」？

我的黑歷史，發生在十八歲。

因為「那件事」，我的人生完全改變。

我在想，如果十八年前，沒發生那件黑歷史，我的人生會有什麼改變呢？

會變得更好？

還是變得更差？

如果可以回到過去，我還會犯同樣的錯嗎？

每個人的人生都像小說一樣，有著不同的故事與情節，而每個故事就是由過去、現在與未來組成。

有些人的故事一生平凡、有些人大起大落、有些人一帆風順，而我的人生也非常簡單，只有一條故事線。

我的人生，就只是一個……

復仇的故事。

我只知道我要對付的人是誰，我要用盡我的方法，摧毀他們的一生。

就算要我犧牲自己的性命，我也要把他們一個一個剷除。

如何去摧毀一個人的一生？

首先只要讓那個人崩潰。

要讓一個人完全崩潰，只需要三件事。

一，被最深愛的人出賣；

二，讓一個人感到無法挽回的悔意；

三，公開他的黑歷史。

你們已經準備好了嗎？

準備好，墮入我精心佈局的……復仇計劃了嗎？

Preface

……

…

．

十八歲的那個冬天。

法庭上。

「陪審團以6比1，裁定被告罪名成立！」陪審團代表說。

女法官點頭。

「被告的行為可恥，用『人面獸心』、『禽獸不如』等詞語來比喻被告，也侮辱了動物。」

女法官說：「根據第200章《刑事罪行條例》第146條，犯人白日黑判處十年監禁刑期，即時生效！」

……

…

．

孤泣復仇懸疑故事《黑歷史》，正式開始。

帶你進入，人類社會……**最黑暗的世界**。

《為何你要欲言又止？都只因那段黑歷史。》

序章

Chapter 1

陰影

Shadow

1

九龍塘國際望德幼稚園。

可愛的幼稚園學生正好放學，馬路兩旁泊滿了名車，不是保時捷，就是勞斯萊斯，很明顯，來接學生的家長，不是名門，就是有錢人。

在校門前，正好有一個放學的小女生等待司機的到來，她圓圓的眼睛看著藍藍的天空，樣子非常可愛。

「小妹妹，妳……」

此時，一個看似三十多歲的黑衣男人走到她的面前，男人的左臉有一道長疤痕，怎看他也是……不懷好意。

幼稚園內的兩位老師，在遠處看到了那個男人跟小女生聊天。

「那個男人是誰？」男老師問。

「不知道，你快去看看吧！」女老師緊張地說。

因為最近附近發生了幾宗拐帶兒童的案件，幼稚園的老師都特別緊張。

男老師走向了他們問到：「先生你是誰？」

黑衣男人立即轉身離開。

「這個男人很古怪……」男老師回頭看著小女生，把手搭在她的肩膊上：「鄧美秀，妳沒事嗎？」

小女生搖搖頭。

「那個叔叔跟妳說了什麼？」老師問。

「他問我……」女學生彎起嘴角笑說：「有沒有被男老師摸？嘻！」

「什麼？」

老師煞有介事，立即縮開搭在她肩膊的手。

「鄧美秀，妳要記得老師說過，別要跟陌生人說話，知道嗎？」

小女生可愛地點頭。

「你的家人還未來嗎？好吧！我們回去學校等你的家人吧！」

「好！」

老師把小女生帶回學校內，他回頭看著黑衣男人離開的方向，人已經不在。

「變態！」

世界上，有幾多個像黑衣男人一樣變態的人呢？

對，的確有很多，不過，比他更變態的大有人在，而且那些人的外表不會看得出來，總是斯文有禮、西裝畢挺，其實內裡卻是……衣冠禽獸。

隱藏著獸性的人渣。

……

…

.

大日子酒樓。

充滿了油膩味的男員工更衣室內，放滿了色情雜誌，當然，已經很久沒人去看那些封塵的雜誌，因為上網太方便了。

「媽的！白痴黑！你死去哪裡？」一個身上油漬斑斑的男人說。

「去了幼稚園。」他說。

「幼稚園？」男人沒有多問：「你去哪都好，落場時間已經過了！快換衫工作！」

他沒有回答男人，打開了自己的儲物櫃，準備換衫。

男人看著他奸笑：「換好衫就出來！」

從他的笑容中，可以感覺到充滿侮辱的意味。

整個廚房的員工，無論是廚師還是打雜，白色的廚服也幾個月不洗一次，除了他。

他每天都會洗衫，而且都會燙好摺好，非常整齊。

儲物櫃打開，傳來了惡臭，他看著櫃內那件被人掉過入馬桶，充滿臭尿味的廚師制服。

制服是被同事掉入馬桶的。因為他跟其他人不同，同事覺得他每天清洗制服的行為就像間接說他們身上滿是臭味一樣。

Shadow

他……一直也被其他同事欺凌。

他的一生之中，總是被人欺凌。

「嘿……」他笑了。

奇怪地，他一點也沒有生氣，只是在笑。

表情非常奸險地笑。

他看著掛在儲物櫃內的月曆：「時間也……差不多了。」

制服充滿了尿臭，不過他完全不介意，換上了滿是尿臭的制服，然後關上了儲物櫃門。

在儲物櫃上的標籤，寫著他的名字。

他叫……**白日黑**。

2

一星期後，深水埗茶餐廳。

「白日黑你真的是災星托世！」男人吃著西多士說：「你看！大日子酒樓廚房三級大火，要幾個月後才再可以繼續營業，你又失業了！」

「已經很幸運了，沒有燒死人。」白日黑冷冷地說。

「你還敢說？」男人說：「我之前幫你找的工作，就說說車房吧，車房發生爆炸，那個老闆嚴重重傷！還有地盤那份工，那個泥水工頭失足從高處墮下，現在還在醫院昏迷未醒！」

白日黑沒有說話，只是喝著他的咖啡。

「最離譜，就是你做看更，大廈天台水箱內有一隻狗的屍體，全大廈的人喝了屍水整整一個月才發現！」男人說：「當時是你讓陌生人進入大廈掉下狗屍，最後被解僱了，我都說你是災星！災星呀！」

這個男人叫陳細豪，他是一位社工，幫助出獄人士找新工作，而白日黑就是他其中一個跟進的出獄囚犯。

「首先……」白日黑放下了咖啡杯：「車房的老闆刻意壓低工資是人渣、那個泥水工頭有性病還去嫖妓、那座大廈的住客全都是自私的賤種，還有酒樓的員工沒一個是好人，他們全部都是……罪有應得。」

「你好像說到全部事情都是你弄出來似的！」陳細豪說。

「我有說不是嗎？」

他們兩個男人對望著。

「你真的黐線，怎可能是你？！日黑啊日黑，你出獄已經五年了，沒有一份工作可以做得長，我又要幫你找新工作！」陳細豪搖搖頭。

「不用了。」

「什麼不用了？你自己可以找到工作嗎？你知道自己的身份……」

白日黑拿出一張支票，在桌上推給了陳細豪。

「不用幫我找工作了，現在我請你，你辭掉了現在的社工工作吧。」白日黑說。

「哈！你請我，你在說笑嗎？」陳細豪看著支票的銀碼：「什麼？！」

「這是你一年的薪金，應該是你現在的社工薪金五倍有多。」白日黑說話沒有笑容：「明天上班。」

「等等！」陳細豪非常驚訝：「你為什麼有這麼多錢？！你有這麼多錢還要我幫你找工作？」

「我只是用這五年時間來看你是一個怎樣的人，其實我根本不用工作。」白日黑說：「你這個人很奇怪，這麼多年竟然沒有放棄我。」

「當然！我是一個很好的社工！」

「社工？明天就不是了。」

「等等！」陳細豪說：「日黑！我不明白！為什麼要用這段時間看我是怎樣的人？」

白日黑認真地看著他。

「因為我不相信任何人。」白日黑說：「我現在的人生中，只相信幾個人，其中一個……就是你。」

在一間懷舊的茶餐廳中，兩個大男人這樣的對話，很肉麻。

不過，白日黑的確沒有說錯，陳細豪是值得相信的人。

為什麼他不相信任何人？

都因為白日黑過去的經歷。

有關他的「黑歷史」。

3

五年前，白日黑剛出獄，住在臨時收容住所，一名男社工與另一位新人女社工第一次來到家訪。

「我們會嘗試安排工作給你，不過不一定找到。」男社工語氣帶點厭惡：「你有什麼工作要求？」

白日黑沒有回答他，只是在搖頭，他看著那個新人女社工。

「還有，每個星期都要跟我匯報你的近況，知道嗎？」男社工說。

白日黑繼續看著那個害羞的女社工，然後點頭。

「媽的，你是啞的嗎？」男社工帶點怒氣：「你看什麼？你沒見過女人嗎？」

他繼續點頭。

「去你的！都已經坐了十年監，你還死性不改嗎？」男社工拍枱：「你這個禽獸不如的男人！應該要繼續坐牢！坐到死為止！」

Shadow

「嘿……」白日黑在奸笑：「嘿嘿嘿。」

「你……你在笑什麼？」女社工緊張地問。

白日黑身體傾前然後指著男社工：「他上了妳嗎？」

「什麼？」女社工自然反應身體向後傾。

「白日黑！你真是一隻不折不扣的禽獸！」男社工憤怒地站了起來：「我想今天的家訪已經結束！我們走！」

兩位社工離開，男社工用力地關上大門，單位內只餘下白日黑的笑聲。

「嘿嘿嘿嘿嘿嘿……」

他笑得很大聲，同時，他的眼淚不禁流下來。

這笑聲代表了什麼？

而眼淚又代表什麼？

也許就只有白日黑知道。

當然，社工的工作不能說不做就不做，之後，男社工還是要幫白日黑找工作，只是他已經不會再家訪。

白日黑出獄後的第一份工作，就是在快餐店做打雜。

奇怪地，他第一天上班，所有快餐店的同事都用怪異目光看著他，雖然白日黑完全不介意，他也不想跟任何人聊天。

過了一星期，事情終於發生。

當時，快餐店的經理帶了六歲的女兒回到快餐店，因為這天是女孩的生日，她等待父親下班然後一起去吃生日大餐。

那天，白日黑無意走進了經理室，女孩在等待著父親，他跟女孩對望著，然後從褲袋拿出了糖果給女孩吃。

「給妳，很甜的。」白日黑把糖遞給女孩。

女孩接過糖果，樣子非常高興。

就在此時，經理回到了經理室，發現白日黑跟自己的女兒獨處，他立即走向他們！

「你想做什麼？！」經理生氣地說，然後抱起了女兒。

「叔叔給我吃糖。」女孩說。

「別要吃！」他一手把糖果掉走：「不是跟妳說過，別要吃陌生人給的東西嗎？」

女孩看到父親生氣的樣子，哭了起來。

其他的員工聽到哭聲也走到經理室。

「經理你沒事嗎？」副經理看著白日黑：「你這變態的！做了什麼？！」

「都說別要請監躉！還要像他這種禽獸！」其他員工說。

「你這種人一世都不會悔改！」另一個孔武有力的侍應抽起白日黑的衣領。

白日黑做過什麼？

他什麼也沒有做過。

就算他給女孩糖果，最後對女孩有什麼不懷好意的企圖也好，至少，他現在的確什麼也沒有做過。

為什麼快餐店的人會這麼大反應？

因為他們都知道白日黑是為了什麼而坐監。

本來，社工是不能將更新人士入獄的資料告訴他人，不過，那位男社工為了報復，把日黑坐監的原因通通都告訴了快餐店的人。

當然在網上，也找到有關白日黑的「罪行」。

社會都說給釋囚重新開始的機會？

給個屁，大家都早已把他們加上了「標籤」，覺得他們沒一個是好人。

這就是我們身處的……──**虛偽社會**──。

4

當時，經理沒有證據證明白日黑對女孩做過什麼，不過白日黑也很快被開除。

之後白日黑轉了幾份工作，男社工沒有放過他，繼續告訴那些老闆和員工有關白日黑的過去。

告訴他們白日黑的「黑歷史」。

一年後，那位男社工因為辭職，白日黑的個案轉到另一位社工的手上。

「叮噹！」

臨時收容住所的門鈴再次響起。

白日黑從防盜眼看著門外那個不修邊幅的男人。

「我是懲教署更生事務所的社工，我叫陳細豪。」他說：「因為上一手的社工沒做了，我是來跟進你的個案。」

白日黑打開了大門。

陳細豪走進了單位內。

「啊！你的家很整齊啊！你是我家訪過最清潔的一位！」他高興地說。

白日黑沒有回答他，坐到椅子上，陳細豪也坐到他的對面。

「我看過你的Case了，的確有點麻煩呢。」陳細豪打開了文件：「你轉了很多份工，真的很棘手。」

「棘手就別管我好了。」白日黑冷冷地說。

「不行，我是一個盡責的社工！我不會放棄任何的更新人士！」陳細豪認真地說：「包括了你！」

當時白日黑有點錯愕，一直以來，他受盡歧視與白眼，已很久沒聽過有人會對他說「我不會放棄你」。

「糖可以吃嗎？哈哈！」陳細豪沒等他回答，已經在桌上拿起那筒果汁橡皮糖：「你知道嗎？通常都不會吃到自己想吃的顏色，我想吃橙色！」

然後他打開橡皮糖是綠色的。

「哈哈！我都說了！好像會讀心一樣！」陳細豪笑說：「還是我的運氣一直也很差？」

白日黑對這個社工完全摸不著頭腦，說他是傻的，又正常得很，但說他正常呢，他又古古怪怪的。

「放心吧，我知道是什麼原因讓你每份工也做不長。」陳細豪收起了笑容：「我會幫助你的。」

細豪已經知道那位前社工所做的「好事」，所以才決定來幫助白日黑。

「無論你做過幾錯的事也好，我知道每個人都可以……改過。」陳細豪說。

「如果受害者是你最深愛的人……」白日黑奸笑：「又或是……你女兒呢？」

陳細豪呆了一呆，沒想到白日黑會這樣說。

「我對妳女兒做著十多年前我做過的事，你還會說每個人都可以改過嗎？」白日黑問。

「白日黑你……」

沒錯，一直以來，白日黑都在惹怒到來家訪的社工，他根本就不需要什麼社工的幫助。

「你這個人，真是很有趣呢。」陳細豪沒有憤怒，還在微笑。

這反而讓白日黑意想不到。

「無論你從前做過什麼壞事，都有改過的機會。」陳細豪把糖果放入口中：「哈！你只是想惹怒我，其實你根本就不會對我女兒這樣做，對吧？」

白日黑首次對著陌生人露出驚訝的表情，因為眼前這個第一次接觸的男人……看穿了自己。

「下次我帶女兒過來跟你聊天！」他拿出了手機：「你看你看，她今年才三歲，是不是很可愛，哈哈！」

從那一天開始，白日黑與陳細豪正式開始了他們的友誼。

5

五年後，中半山舊山頂道某豪宅區。

「日黑……」陳細豪在單位內看著維港的風景：「這裡有多大？一個月租金多少？」

「三千呎左右，十五萬一個月。」白日黑坐在沙發上：「我多數都住在臨時收容住所，這裡只是我的秘密基地。」

「我完全搞不懂！」陳細豪回頭看著他：「你為什麼這麼有錢？但卻還要打工，還要住在收容所？我是不是在發夢？」

「我入獄第四年，我托外面的朋友，用我銀行的錢在美金三元時買了一些比特幣，我出獄後賣出了一半。」白日黑說。

「你賣出時值多少錢？」陳細豪問。

「六萬美金。」

「鑲線，升了二萬倍！真的鑲線！」

「六萬不是最高價，再等多幾年，價位會更意想不到。」白日黑指著前方的玻璃櫃：「不只是比特幣，我在獄中還網上遙距讀了幾個碩士學位。」

櫃內放滿了不同的外國學位證書與文憑，包括了工商管理、教育、法學、心理學碩士等等。

「媽的，我真的不敢相信……」陳細豪在玻璃櫃前的倒影不斷地搖頭：「你的學歷比我高多了！你的個人資料中從來也沒有提過什麼學位！日黑……你究竟是什麼人？」

白日黑看著他：「你的老闆。」

「等等，我現在連要做什麼工作也不知道！」

「細豪。」白日黑認真地看著他。

「怎樣了？」

「你還記得我們最初是如何認識？」

「當然記得！你還說會傷害我女兒！」陳細豪回憶起來：「我知道你當時只是想把我氣走而已。」

Shadow

「今年佩露多大了?」白日黑問。

陳佩露是細豪的女兒。

「八歲了!」說起女兒陳細豪特別高興:「兩年前你們見過面吧,現在又長高了,也三年級了!」

「八歲?就是當時柔彩粉的年齡。」

聽到柔彩粉的名字時,陳細豪收起了笑容。

柔彩粉就是當年的受害者。

「日黑,我知道你已經改過,任何人都有第二次機會……」

他搖搖頭:「你錯了。」

「別要這樣!這五年來我最熟悉你了!」

「**我根本就沒有改過**。」白日黑眼神堅定。

「怎會,你……」

「因為我……**根本沒有做過**。」白日黑第一次在陳細豪面前露出悲傷的表情：「細豪，你相信我嗎？」

陳細豪沒法立即回答他，因為一直以來，他都覺得白日黑是「改過」，而不是沒有犯下那彌天大罪。

「你不是最熟悉我嗎？你不相信我？」白日黑問。

「不，只是……已經十多年了，當年法院都判你……」

「全都是別人的計算。」白日黑說：「全都是假的。」

陳細豪沒想過他會在十多年後才這樣說。

「你問要幫我做什麼工作嗎？」

白日黑堅定地說：「我要你幫我……**報仇！**」

陳細豪瞪大雙眼看著他。

「**我要替從前的我……報仇！**」

Chapter 2

黑歷史

Black History

1

十六年前，山頂皇家美術學院。

一所有錢人才有資格就讀的學院，來上學的學生不是出生富裕家庭，就是達官貴人的子女，大多學生都是經人脈入讀，除了少數的資優生，可得到資助入讀這所享負盛名的藝術學院。

當中包括他們，十七歲的白日黑，還有他的女朋友泉巡音。

他們二人從小在屋邨認識，都是對方的初戀情人，他們有一個共同的夢想，就是一起考入皇家美術學院。

他們終於達成了夢想。

同時，也是……惡夢的開始。

出生低下階層的他們，成為了班中富二代的欺凌對象。

在這個社會，從來也不缺欺凌者，輕則語言暴力、勒索金錢，重則拳打腳踢。在不同的地方、不同的階層、不同的年代都會不斷發生欺凌的事件。

以強凌弱、以眾欺寡是人類的「本性」，而「權力」兩個字，就是所有欺凌事件的核心，只要一個人愈是有權力，就愈想用欺凌的方法去凌駕對方。

國與國、族與族、人與人都不斷發生這些事件，什麼公平社會、什麼階級平等，在人類的社會，根本都只不過是幻想。

最虛偽的幻想。

鐘聲響起，放學後。

在一個被稱為「秘密基地」的花園中，泉巡音正被三個女學生扯著頭髮，還用油筆在她的校服上亂畫。

白日黑趕來了這個秘密基地花園。

「妳們放開巡音！」白日黑大叫。

「日黑……」泉巡音流下眼淚。

「啊？男朋友仔來救妳了，哈哈！」一個曲髮的女生曲玄玄說：「英雄救美啊！」

「你要怎樣救她？」另一個短髮的女生島朱乃，她一巴掌打在泉巡音的臉上。

「停手！」

白日黑衝向她們！

「你別過來！你過來我就大叫非禮，我就看你還可不可以在美術學院讀書，嘻！」最後一個長髮的女生，她叫櫻滿春，她擋在白日黑面前。

「日黑……不要……不要……」泉巡音知道如果他出手，後果有多嚴重。

「妳看妳的女朋友仔多明白事理！」曲玄玄更用力扯著泉巡音的頭髮。

白日黑緊握著拳頭：「妳們想怎樣！」

「我來想想要玩什麼？」櫻滿春笑說：「不如就來玩 Barbie 換衫！脫下她的衣服！」

曲玄玄與島朱乃立即扯開泉巡音的校服！

「不要！不要！」泉巡音痛苦地掙扎著。

白日黑看著自己深愛的女友被這樣欺凌，已經沒法忍受下去，他走向了她們，用力把短髮的島朱乃推倒地下！

「你這個死窮鬼！」櫻滿春驚叫。

白日黑忍無可忍，他想掌摑在櫻滿春的臉上！

就在他出手之時，突然，一塊石頭飛向他的頭顱，擊中他的額角，血流如泉！

「發生什麼事？」一把男生的聲音出現：「是不是有什麼好玩的？嘰嘰！」

三個男生走進秘密基地花園，他們是來拯救這對小情侶？

才不是，他們三個男生，跟三個欺凌泉巡音的女生都是一夥的！

他們六人有一個外號，叫做……「**踩罪黨**」。

「踩踏罪人」黨。

對於他們來說，窮就是「罪」。

「是他！他把我推倒在地上！」島朱乃指著白日黑。

比白日黑高半個頭的英俊男生，他叫鄧鏡夜，他用囂張的眼神看著白日黑。

「看來有好玩的了。」

2

「哦？妳們三個怎樣了？竟然這樣對待美女？」另一個平頭裝男生茅燦柴走向她們：「美女是用來錫的！」

他的手已經伸入了泉巡音的校裙內。

「你想做什麼？」

白日黑衝向他，卻被第三個男生一手纏著頸，他叫纏習山，非常高大，身材魁梧，曾是學界籃球代表隊成員。

「我們就是要她脫衣！燦柴你這隻猥瑣怪來得正好！」櫻滿春猙獰地奸笑：「來幫手脫去她的衣服！」

「什麼猥瑣怪？別亂說！」茅燦柴回看泉巡音：「好吧，我不只是脫衣高手，除 BRA 更有一手，嘰嘰！」

「放開你的手！」白日黑掙扎，卻不夠氣力擺脫魁梧的纏習山：「別要碰她！要搞來搞我吧！」

「日黑……」泉巡音哭成淚人。

「你脫衣服，我才不想看呢。」曲玄玄奸笑。

「等等，我想到一個更好玩的！」俊逸的鄧鏡夜走到白日黑面前：「你是不是想代替她受罰？」

他的眼神非常邪惡，讓人毛骨悚然！

受罰？

為什麼白日黑他們要受罰？

因為在這個扭曲的社會，人類都會把弱勢的一群當成自己的「玩具」，什麼平等都只是用來掩飾邪惡的名詞。

沒人會尊重那個掃街的伯伯，反而那個炫富的 KOL 卻不斷有人追捧，甚至會課金支持他，也不會幫助那些活在低下層的人。

他們六個富二代都覺得自己是高人一等，像白日黑那些「死窮鬼」，都只是他們踏在腳下的螞蟻。

「鏡夜你壞了！你壞了！我知道你想做什麼！哈哈！」猥瑣的茅燦柴走向了白日黑。

在白日黑身後的纏習山也在奸笑，他用力把白日黑壓下跪在地上，白日黑只能跪倒在地，然後茅燦柴把他的雙腳擘開。

「你們想做什麼？！」白日黑非常緊張。

「不是你說的嗎？『別要碰她，要搞就來搞我！』」鄧鏡夜看著被制服在地的白日黑。

「快點吧！我最喜歡聽到慘叫的聲音！哈哈！」纏習山更用力纏著他的頸。

「你們想玩什麼？」曲髮的曲玄玄問。

「我們要玩……」鄧鏡夜瞪大了雙眼：「**踩蛋蛋遊戲**！」

他們要用力踩白日黑的下體！

「朱乃妳先來！」茅燦柴高興地說。

「什麼？」短髮的島朱乃有點猶豫：「為什麼是我？」

「你怕嗎？」

「誰說我怕！」島朱乃走向了白日黑。

「不……不要……」白日黑看著她。

男人最痛是什麼？應該已經不用多說。

「我才不會怕！」

島朱乃重重地一腳踏在白日黑兩腳中間！

「**呀！！！！**」

白日黑痛苦地大叫！

「日黑！！！」泉巡音感受到他的痛苦。

「別怕別怕！」茅燦柴淫邪地笑說：「男友的壞了，妳可以試試我的！」

他指著自己的下體。

「好像很好玩！嘻！」曲玄玄放開了泉巡音走向白日黑：「我用腳踭會不會更痛！」

她二話不說，狠狠的踩向白日黑的下體！

Black History

「會不會爆？嘻嘻嘻嘻！」

曲玄玄再加一腳，白日黑再次痛苦地大叫，那種痛苦絕對不會有人想嘗試！

「妳看妳有多賤，男友都是為了妳而受苦！」長髮漂亮的櫻滿春抽起泉巡音的長髮：「賤人！」

櫻滿春是第三個用力踏在白日黑的雙腳中間，白日黑痛得整個人都在哆嗦！滿身是汗！

泉巡音只能坐在地上痛苦地哭泣！

「他會不會失禁的？」島朱乃笑說。

「妳們真的是……」茅燦柴說：「這麼輕力沒吃飯嗎？」

他站了起來。

「就讓我們三兄弟表演給妳們看……」他拍拍自己的鞋頭：「什麼才是踩蛋蛋遊戲！」

白日黑在自己深愛的人面前被這樣欺凌，不，這絕對是……**虐待！**

當時只有十七歲的白日黑，痛苦得腦海一片空白，他只想……

時間快點過去！

這群富二代看到他痛苦的表情，會放過白日黑嗎？

不……才不會。

他們這些人，最喜歡聽到被虐者的痛苦叫聲！

最喜歡被虐者像豬叫一樣的……慘叫聲！

Black History

3

十六年後，中半山豪宅區。

「什……什麼？真的有發生過這樣的事嗎？！」陳細豪聽著白日黑說出自己的黑歷史。

白日黑點點頭。

「他們欺凌我們已經不只是一次。」他說：「這只是最嚴重的一次。」

「之後呢？」

「我住了半個月醫院。」

「媽的，他們絕對是集體欺凌！不！是虐待！」陳細豪比白日黑更怒憤：「你有沒有報警？」

「報警？」白日黑噗哧一笑，臉上出現了很少出現的笑容，是一種最無奈的苦笑：「當年我父母收了二十萬，當什麼也沒有發生。」

「什麼？！怎可能會有這種父母？！」陳細豪非常激動。

「我入獄後，他們一次也沒有探過我，我已經當沒有了父母。」白日黑說：「一個月後，我回到皇家美術學院，當時，全校人都用詭異目光看著我，甚至恥笑我。」

「為什麼？」

「因為他們那班人在學校宣揚，我是沒有蛋蛋的男生。」白日黑說。

「真的很過份，明明就是他們下手！」

「之後我……」白日黑欲言又止。

「日黑！有什麼都可以對我說，我不會告訴別人！」陳細豪拍拍自己的心口：「你不是說相信我嗎？」

「因為這次之後，我……沒法生育。」白日黑表情帶點痛苦：「我甚至……**沒法正常勃起**。」

陳細豪已經不知道如何安慰他，一個男人最重要的，白日黑已經失去了。

說什麼節哀順變？根本就沒有任何一句說話，可以用來安慰不能勃起的男人。

「等等……」陳細豪突然想到：「你說你沒法正常勃起，怎可能？」

陳細豪想起了當年白日黑的罪名。

「全部都是……計劃。」白日黑說：「他們的計劃。」

陳細豪不斷搖頭，不敢相信他的說話。

「你知道嗎？出獄後，無論別人如何對我，我也不理會、不反抗是什麼原因？」白日黑沒等他回答：「因為我已經試過太多次跪求，甚至是乞求別人，可惜，根本就沒有人會相信我、幫助我。」

「日黑……」

「沒有人會相信我，這十六年來，從、來、沒、有。」白日黑說：「所以我決定用自己的方法生存，一直來到現在。」

「沒問題的！我幫你翻案！一定可以給你討回公道！」

「十六年前不能，你覺得現在可以嗎？」白日黑說：「我的同學、老師、朋友、家人、醫生，甚至……**她**，全部都背叛我，所以我不會再相信別人。」

「但在香港不是有法律……」

「法律只是保障有錢人。」白日黑用一個非常痛恨的眼神看著茶几上的檔案：「而且全部證據都可以做假。」

陳細豪打開那些檔案看，全都是傳媒大肆報道白日黑當年的惡行，內容有多狠毒就多狠毒。

「控制傳媒也是他們的計劃之一。」白日黑說：「我的樣子、手機號碼、住址全部被公開。」

「真的是太過份了！」

白日黑看著天花板搖搖頭：「不，如果我真的有做過那件事，我應該是罪有應得吧？」

陳細豪再次沒法回答，其實當年還未成為社工的他，也覺得白日黑應該要落地獄。

「你知道什麼是地獄嗎？」白日黑問。

陳細豪搖搖頭。

「死了下地獄還好，但當你不能死，還要在人間每時每分每秒被咒罵、被當是變態，永遠也不能翻身，這就是……真正的地獄。」白日黑說：「**這十多年來，我都身處在地獄！**」

這十多年來，日黑也被當成變態罪犯，如果是你，會有什麼感覺？

白日黑還能堅持到現在，只有一個原因，就是……

「**我要報仇**。」

白日黑要所有摧毀他人生的人……千倍奉還！

4

十六年前。

白日黑出院後的一個月，他沒有放棄在皇家美術學院的學業，就算每天被奚落、被白眼、被說是不舉的男人也好，他依然繼續回到美術學院上課。

因為他知道能夠來到這裡讀書，就是改變他窮困一生的機會。

而且，他深愛的泉巡音也沒有放棄，他們要一起完成課程，邁向美麗的人生。

可惜，他錯了。

大錯特錯。

幻想是美好的，現實卻是最殘酷。

美術學院的美術室內。

一個八歲的小女孩坐在美術室的中央位置。

「這次我們的素描對象就是這位女孩，妳先來介紹一下自己。」美術老師張志萬笑說。

「大家好，我叫……柔彩粉！」女孩可愛地微笑：「今年八歲！」

這個女孩性格開朗，樣子甜美，穿上了美術老師準備的碎花裙，顯得更加可愛。彩粉的家境清貧，她來這所高尚的美術學院成為素描模特兒，雖然收入不多，不過卻可以幫補家計。

學生們開始畫她的素描，她一動也不動，表現得非常專業。

時間過得很快，不經不覺已經下課。

「今天就這樣吧，數天後我們繼續素描課。」張志萬說。

同學紛紛離開，不過鄧鏡夜為首的「踩罪黨」六人組沒有離開，他們包圍著那個小女孩柔彩粉。

白日黑看到他們這樣做，很明顯，他們又找到新的欺凌對象，一個只有……八歲的女孩。

沒有任何一個同學去阻止「踩罪黨」，就像我們的社會一樣，事不關己，漠不關心。

白日黑想走過去拯救那個女孩，不過，卻被泉巡音捉住了手臂。

「日黑，不要……」泉巡音表情帶點害怕。

她知道如果去阻止他們，日黑會有什麼後果。

白日黑緊握著拳頭，最後，他也決定妥協，因為他還想在這所名牌美術學院讀書，而且再不想惹上那班有錢人的孩子。

臨離開美術室時，白日黑回頭看著柔彩粉，她同時看著他，柔彩粉的眼神充滿著無助，希望有人會幫助她！

「快來救我！求求你！求求你！」

可惜……

美術室的門緩緩關上，白日黑與泉巡音離開了。

……

…

．

數天後，美術室。

柔彩粉的臉上，再沒有笑容，而且在她的手臂上，還多了幾處瘀痕。

「彩粉妳的手臂……」老師問。

「沒……沒事，只是不小心弄傷了。」她非常緊張。

「沒問題沒問題！」張志萬跟學生說：「大家也可以畫上這瘀青，這才是最真實的人體素描，哈哈！」

一旁的幾個富二代學生，在偷偷暗笑。

柔彩粉知道不能把被欺凌的事說出去，會讓「踩罪黨」更肆無忌憚。

學生繼續他們的素描課。

來到了第三課、第四課，彩粉已經不只是手臂有瘀痕，甚至連小腿、頸部都出現了新的瘀痕。

白日黑知道發生了什麼事，他已經看不過眼，來到了教員室找素描班的老師張志萬，他要告發那群富二代欺凌那個小女孩。

「這是很嚴重的指控。」老師淡淡的一句：「你……有什麼證據呢？」

素描班老師的樣子不再像上課時一樣慈祥，對著白日黑，對著告密的人，他態度完全改變了！

白日黑才發現，其實這位素描班老師……一早就知道欺凌的事！

張志萬只是收了錢，扮作什麼都不知道！

扮成不知道真相的畜生！

5

一個月後。

晚上的美術學院。

來到晚上，這所位於山頂的高尚美術學院，像變成了恐怖小說的場景一樣，除了小數要補課的學生與教師，學院變得冷清，更有一種陰風陣陣的氣氛。

白日黑突然收到素描班老師的請求，因為素描課已經結束，老師希望他可以清理美術室，這樣白日黑可以得到更多的學分，他才不介意做清潔工。

那晚，他來到了美術室的門前，他聽到了微弱的聲音。

「救……救命……救救我……」

二話不說，白日黑衝入了美術室，眼前的景象讓他呆住了！

一個全裸的女孩躺在血泊之中！

她是……柔彩粉！

「救救我……」

「發……發生了什麼事？！」白日黑走向她，把她扶起。

他看到柔彩粉的下體在流血，當時，白日黑根本就沒理會柔彩粉全裸的身體，他一心只是想救人！

「他們……他們……」柔彩粉痛苦地流著眼淚。

「是誰做的？發生了什麼事？」白日黑心跳加速。

白日黑一直心生悔意，他沒有阻止那班人渣欺凌這個八歲的女孩，白日黑一直也非常後悔！

他立即脫下了自己校服，包在柔彩粉的身體上。

「別要怕，沒事的！我立即去叫醫療室的醫生過來！」白日黑說。

就在他想放下柔彩粉之時，美術室的大門打開。

兩個學院的保安員正好經過此處。

「你們……」白日黑緊張地說：「她……快救她……」

保安員的第一句說話……「你……你在做什麼？」

你在做什麼？

你在做什麼？

你在做什麼？

此時，白日黑才清醒過來，他知道那兩個保安員在想什麼！

「快放開那個女孩！」其中一個臉上有一顆大痣的保安員說。

「不……不是我……」白日黑不斷搖頭。

「我叫其他老師過來！」另一個保安員對著對講機說：「發生了大事！」

白日黑還扶著赤裸的柔彩粉，她已經因為出血過多昏迷不醒，白日黑腦袋一片空白，已經沒法聽到那兩個保安員在說什麼！

他的心跳加速，同時，想起了老師突然要他回來美術室的理由……

全部……全部都是「計劃」！

不久，幾個老師趕到，他們跟保安員一起把白日黑制服在地上！

「不關我事……不是我做的！不是！」

白日黑痛苦地大叫，他的頭被壓在地板上，視線只看著昏迷的柔彩粉。

他知道現在唯一可以證明他清白的人，就只有柔彩粉！

白日黑心中想著……

「妳別要死去！別要死去！」

✖✖✖✖✖

舊山頂道。

「日黑，你所說的……」陳細豪看著桌上的法庭資料：「完全跟法庭上所說的不同！」

「你不相信我？」

「不，只是……」陳細豪抹去額上的汗水。

「全都是那班人的計劃。」白日黑說：「我已經澄清過一千次、一萬次，可惜根本就沒有人相信我。」

「但那個小妹妹不是可以證明你清白嗎？」

「請問，你會相信一個被說是變態的男生，還是一個不會說謊的八歲女孩？」白日黑搖搖頭。

陳細豪全身起了雞皮疙瘩，他明白日黑的意思。

6

當年事件發生後，傳媒大肆報道，全城也在聲討這個變態的兇手。

柔彩粉的驗傷報告中，身體有多處傷痕，下體被插入了畫筆，引致嚴重出血，而從她的口腔組織之中，發現了男性的……**精液**。

聽到這些報道，根本沒有人會原諒這個傷害八歲女孩的男生！

—**完**、—**全**、—**不**、—**可**、—**原**、—**諒**。

當年的網絡沒有現在發達，不過在各大傳媒的街訪中，100% 認為兇手有罪，甚至覺得應該要判處死刑。

沒有人相信白日黑根本什麼也沒有做過。

不過，當時他知道柔彩粉一定可以還他一個清白。

羈留所內。

「代表你的律師來了。」獄卒打開了鐵門：「在探訪室。」

白日黑非常興奮，因為他知道很快就可以出去，更重要是很快可以還他一個清白！

「像你這種畜生，還要什麼律師？」獄卒說：「準備好坐監吧。」

「我什麼也沒有做過！」白日黑用一個凶狠的眼神看著他。

他很快來到了探訪室，那個政府委派的律師正在等待著。

「我何時可以出去？」白日黑問。

被困在羈留所的白日黑，什麼也不知道，他的腦海中只想著泉巡音，希望可以快點見到深愛的人。

律師神色凝重。

「發生……什麼事？」白日黑問。

「現在的證據對你很不利……」律師托托眼鏡。

「什麼……什麼意思？」白日黑呆了一樣看著他。

「人證、物證都指向你，我認為……」律師說：「你應該認罪換取減輕刑罰。」

「什麼？不……不要跟我說笑了……」白日黑傻笑：「我什麼也沒做過，為什麼要認罪？」

「根據柔彩粉身體上的傷痕……」

「是那班富二代做的！」他指向緊緊閉鎖的門：「是他們欺凌她！」

「你有什麼證據呢？」

這句說話，白日黑也曾在素描老師的口中聽過，他……呆了。

律師跟他說，在插入柔彩粉下體的畫筆上留有白日黑的指紋，警方也查問過素描老師，根本就沒有叫白日黑回來學校。

「怎可能……」

「在柔彩粉的口腔中，發現了屬於你的……精液。」律師說：「其實不是上司派我來，我根本不想接你的Case，你認罪，我可以幫助你把刑期減輕。」

「不可能的！我……我……」白日黑欲言又止：「我根本就沒法正常勃起！我怎可能……」

律師遞給他一份醫生的證明。

是白日黑的主診醫生的資料，說明了白日黑不能勃起，卻依然可以射精。

還有，白日黑的家人也上了電視節目受訪，他們說兒子從小已經有奇怪的行為，寧願大義滅親，也不想自己兒子再度做出變態的行為。

節目還訪問了美術學院的師生，大家都對白日黑一片負評，當然，訪問的對象還有那一班富二代。

「不可能……不可能的……」白日黑目光空洞，已經想不到下一句說話。

「最重要是，受害人柔彩粉……」律師說。

「對！她可以證明不是我做的！柔彩粉可以證明！」

「不。」律師再次托托眼鏡說。

「**她指控的人就只有你一個**。」

「什麼？！」

7

白日黑面如死灰。

「無論你怎樣抵賴，全世界都不會相信你，只會相信一個八歲的女孩。」律師說：「包括我。」

小孩是最天真無邪？

小孩是不會說謊？

小孩……根本是世界上最邪惡的生物！

那些無理指控成年人的小孩，他們或者是為了好玩，又或是收到什麼利益，但只要她說一句……

「**那個哥哥摸我！**」

已經可以把一個成年男人掉入萬劫不復之地！

「她說謊！不是我做的！我什麼也沒做過！」白日黑激動地站了起來。

兩個獄卒立即一左一右捉住他！而且非常暴力！

「媽的！你這死變態！別要亂動！」

律師本來可以叫停他們，不過，他沒有這樣做。

「我沒有其他說話了，你最好是盡快認罪，希望刑期可以減輕。」

律師說完後離開。

「別要走！別要走！我是沒罪的！沒罪的！」

白日黑被全世界背叛。

無論他解釋幾多次，也沒有人會相信他、可憐他！

他的的同學、老師、朋友、家人、醫生、律師，全世界都背叛了他！讓他在之後的日子裡，不再相信任何人！

他的痛苦叫聲沒有停下，直至重重的鐵閘門關起，他依然在痛苦地吼叫！

×××××

舊山頂道。

「我記得當日在庭上，所有人都用一個唾棄的眼神看著我，當時律師問兇手在不在庭上時，柔彩粉指向我的一刻，我知道我的一生要結束了。」

白日黑低下頭，表情帶點痛苦。

「日黑，我不是不相信你，不過你現在所說的事，實在是……」

「沒法令人相信嗎？」白日黑說：「的確，有時我自己也覺得是我做的，但我真的什麼也沒做過。我甚至想過自殺，不過當時我沒有這樣的勇氣。」

陳細豪拍拍白日黑的肩膊。

「我還未說在獄中的生活……」白日黑說。

陳細豪突然站了起來，樣子非常認真：「老實說，我沒法聽完你的說法就立即相信你，我知道你給我的報酬不少，不過……」

他把那張支票還給白日黑。

一向相信日黑的陳細豪，也不能就這樣相信白日黑。他的確是很同情日黑的經歷，不過，細豪沒法完全證實日黑的說話都是真的。

「你給我考慮一下。」陳細豪說：「而且我想先自己去找出證據，我不是不相信你，只是我想親眼去證實！」

白日黑沒有說話，只是看著陳細豪。

他絕對明白細豪的想法。

此時，大門出現了電子開門聲。

「你有朋友來了嗎？我不阻你了。」

陳細豪把支票放在茶几上，準備離開，他發現那個人不是按下門鐘，而是直接開門！

陳細豪好奇，看著大門的方向，因為燈光昏暗，他沒法看到那個人的樣子，只知道是一位長髮的女生。

「細豪，你想要證據嗎？」白日黑對著他的背影說：「證據現在出現了。」

「什麼意思？」

女生走向了他們，微笑說：「黑，這位就是你說能夠信任的社工嗎？」

白日黑點點頭。

「你好！」

在月色下，陳細豪看到一位長相端正、輪廓鮮明，樣子非常漂亮的女生，還以為她是某一位韓國的女明星。

「妳……好。」陳細豪帶點尷尬，回頭跟日黑說：「你有朋友來了，我還是先走。」

此時，那位女生突然雙手握著陳細豪的手。

「日黑信任的人，就是我相信的人！」她笑得很甜美：「謝謝你加入我們！」

「等等……我還未……」

未等陳細豪回答，那位少女搶著說。

「我想日黑已經跟你說了他的事吧？我還未自我介紹，我叫……」

……

…

．

「**柔彩粉！**」

當年只有八歲的受害者！

Chapter 3

開始

Back

1

年尾某電視台頒獎典禮。

這年的最受歡迎女歌手，由她連續兩年獲得。

「我要多謝很多人，包括我公司的同事、我的家人、還有你們！一直深愛著我的粉絲！」她泛起了淚光：「這十年來，讓我能夠走到這個頒獎台上，都是您們每一位歌迷的力量，謝謝您們！」

粉絲高聲尖叫，全場人站立拍掌，掌聲雷動。

說話大方得體的她，開始唱著她今年的大熱名曲《沒有忘記你》，最後她向著台下的觀眾鞠躬致謝。

明星偶像的路不容易，要來到像她一樣的位置，更是困難，汗水、淚水、不斷付出的努力，還有⋯⋯

把競爭對手踩入谷底的手段。

兩年前，她的前輩對手被她打進了地獄，同時，她終於得到了夢寐以求的榮譽。

「多謝大家！」

她的笑容與眼淚都很真誠。

真誠得連她自己也被自己……欺騙了。

天使背後也是天使？有更多的，天使背後都是……魔鬼。

她是當年有份欺凌白日黑的其中一位女生，長髮的她，樣子變得成熟了，更有女人味。

她是……櫻滿春。

……

…

.

頒獎典禮的 After Party 後，櫻滿春還有一個私人的 Party 要赴約。

她來到了高級酒店的總統套房。

櫻滿春按下門鐘，房門打開，拉彩砲的聲音出現。

「我的最受歡迎女歌手來了！」一位曲髮女生立即上前擁抱著她：「我早就算到了，妳會得到這個獎！」

曲髮的女生是曲玄玄，她現在是一位玄學家，手上的客戶不是上市公司老板，就是大人物。

「不用妳這個神婆說，我也知道春春會得獎！」另一個短髮大胸女人說：「我的春春是最棒的！」

她是島朱乃，這十年來也沒有任何正式的工作，因為她的工作就是……被有錢人包養。

「你們擋在門前，女主角怎樣進來？」身材魁梧的男人說：「啊？看妳的眼睛多美，看來我的臥蠶手術非常成功！」

他是當年的健碩男生纏習山，現在，他已經是一位頂級的整形外科醫生。

「滿春快進來吧，我們為妳準備了慶祝！」一個平頭裝男人說：「我們的舊同學聚會！」

猥瑣的樣子完全沒有改變，他是茅燦柴，六人中他的改變最少，同時他的噁心本性一點也沒有改變。

他現在經營全亞洲第五大的網上色情網頁。

「妳今晚自己回家。」櫻滿春對身邊的女助手說。

「好的，但這麼夜了，我……我可以坐公司車回去嗎？」女助手問。

櫻滿春的眼神變得凶狠：「公司的專車是妳這種人坐的嗎？」

女助手搖搖頭。

「明白了還不快走？」櫻滿春回頭看著他的舊同學，又回復了燦爛的微笑：「我們進去吧！」

總統套房的門關上，只餘下女助手在走廊。

「有錢就了不起？大明星就要看妳面色嗎？我這麼多年沒有功勞嗎？」女助手一直在自言自語：「唉，算了！」

她只能自言自語，因為她根本就沒有膽對櫻滿春說出這番話。

這就是我們生存的社會。

一個見高拜，見低踩的社會。

2

總統套房內。

「鏡夜呢？」櫻滿春問：「怎麼少了他？」

「他就是在準備給妳祝賀的禮物，哈！」島朱乃說。

「還有禮物嗎？」

一個英俊的男人，把一樣東西推出來，而且用白布遮蓋著。

「我的最受歡迎女歌手！」他露出雪白的牙齒：「禮物來了！」

這個男人就是鄧鏡夜，現在是一間貿易上市公司的CEO，公司位列全亞洲的三甲。

「什麼禮物？」櫻滿春帶點緊張。

「等等！」茅燦柴拿出了酒杯：「我們一起先來乾一杯！」

他們六人一起拿起了酒杯。

「為我們的滿春，得到大獎來乾杯！」纏習山高興地說。

「還有還有！」島朱乃笑說：「為了我們六個人的友誼，一起來乾杯！」

「乾杯！」

十多年來還可以保存友誼，的確是一件非常難得的事，這些年來，他們都有各自的發展，卻不忘識於微時的友情。

是一件非常讓人感動的事。

不過，維繫著他們友情的，不只是那一份「感動」這麼簡單。

「快來看看我們送給妳的禮物！」鄧鏡夜一邊喝著紅酒一邊說：「妳一定會很喜歡。」

「是什麼東西呢？」櫻滿春點點自己的嘴巴。

「快揭開來看吧！」曲玄玄動動手指扮作神算：「我算到了，算到了，妳看到一定高興得流淚！」

櫻滿春慢慢地把白布揭開……

她眼前是一個畫架，畫架上放著一幅女孩素描的畫。

當年櫻滿春畫的……**柔彩粉素描**。

而且在彩粉的身上，全是被虐待的痕跡！

櫻滿春收起了笑容。

「怎會……」

她非常驚訝，因為自從離開了美術學院，她再也沒看過這幅自己的作品。

「我找了很久才從美術學院那邊拿回來。」鄧鏡夜說：「應該說我們捐了大筆的錢才可以拿回來。」

櫻滿春看到曾被她們欺凌的女孩素描，會有什麼反應？

她……

她笑了，從心而發的笑容出現在她的臉上！

她這個笑容，從來不會出現在螢光幕之上！

這才是她最真實的笑容，埋藏心底的邪惡笑容！

不只是她，其餘五人都同樣出現這樣的猙獰笑容。

虐待別人而得到樂趣的笑容！

這是他們六個「踩罪黨」……最值得回味的過去。

維繫著他們友情的，不只是那一份友誼的感動這麼簡單，還有他們津津樂道的回憶，欺凌弱小的回憶。

就像曲玄玄所說的，櫻滿春感動得流下眼淚。

這班富二代扭曲的性格，這麼多年來，根本就沒有改變。

不，更正確來說是……變本加厲！

「真的很懷緬美術學院時的生活呢。」櫻滿春說。

「對！有趣的是，我們全都是美術學院出身，卻沒一個人從事藝術行業。」島朱乃喝著紅酒。

「藝術行業？吃屎的才會做。」纏習山大笑：「什麼藝術？根本就是有錢人用來賺更多錢的遊戲而已。」

突然，鄧鏡夜拿出一支畫筆插在柔彩粉的素描畫上。

「不知道……現在她的生活過得如何呢。」他用手指摸著素描畫。

「大家有沒有興趣……」茅燦柴奸笑：「**再續前緣？**」

六個人都互相對望著。

看來他們心中已經有共識了。

已經長大成人，甚至已經有自己孩子的他們，有對柔彩粉的事感到後悔嗎？

看著他們邪惡的眼神，已經知道答案。

3

舊山頂道豪宅內。

白日黑躺在床上，看著滿月的月亮。

在他的腦海中，每一秒都在想要如何「報仇」，報仇更成為了他生存下去的動力。

「你怕嗎？」一把聲音問白日黑。

「誰說？」

「我感覺到。」

「黑犬，你的感覺不就多數是錯的嗎？」白日黑說。

此時，一個全裸的女生走進了他的房間。

她的身材玲瓏浮凸，沒有一個男人看到她婀娜多姿的裸體會不為所動。

柔彩粉走到白日黑的床上，溫柔地擁抱著他。

「我想全世界就只有你一個男人，對著我會不為所動。」她用手指撫摸著白日黑的胸膛。

柔彩粉當然知道日黑身體的問題。

「妳在欺凌我嗎？」白日黑說。

「對，我在欺凌你。」她一口咬住他的胸脯。

白日黑用力地擁抱著她，卻沒有其他的企圖。

柔彩粉說得對，只有白日黑對著她不為所動，因為他不只是不能勃起，他甚至沒有了對女性酮體的衝動。

月亮的光打在他們的身上，營造出一幅唯美的圖畫。

十六年前，不是柔彩粉親自指控白日黑就是性侵她的人嗎？

為什麼現在他們可以睡在一起？

「黑，是不是要開始了？」柔彩粉問。

「嗯，妳現在還可以選擇退出。」白日黑說。

柔彩粉一手捉住白日黑的下體，白日黑有一點錯愕。

「如果你現在把我踢開，我一定不會讓你好過！」柔彩粉依靠在他的胸膛說。

柔彩粉在床邊拿出一顆像糖一樣大的東西，她想把它吞下，白日黑捉住她的手臂，阻止她。

「沒問題的。」柔彩粉微笑：「為了報仇，沒什麼不能做的。」

白日黑明白她的決心，他沒有說話，只吻在她的頭髮之上。

柔彩粉把「那東西」吞下。

十六年前，他們一位是原告，一位是被告。

十六年後，他們竟然會走在一起。

能夠構成這幅唯美的圖畫，就只有一個原因。

因為在整件事件中，他們兩人都是……受害者。

最痛苦的受害者。

十二年前，赤柱監獄。

探訪室內，坐著一個變成人乾一樣的囚犯，他是白日黑。

三年的囚禁生涯，令他失去生存下去的動力，再加上他是一個變態的性侵兒童犯，可想而知他在獄中受到怎樣的對待。

白日黑坐在探訪室內，已經三年沒有親人來探監，那天，卻出現了一個他完全沒法估計會出現的人。

一個只有十二歲的女孩。

她用上特殊的渠道，用了三年的時間，終於可以來探監，她是……柔彩粉。

她比事發時長高了不少，不過，還是非常的瘦弱。

「為什麼是妳？！」

白日黑第一眼看到她，本來木無表情的臉容，突然出現了憤怒的表情！

沒錯，白日黑得到現在的「懲罰」，都是因為……她！

「妳來這裡做什麼？！我不想見妳！妳快走！」

白日黑想轉身就走，柔彩粉卻說出了讓他停下來的三個字。

「**對不起**。」

他整個人也呆了，然後，眼淚不自覺地流下。

他的一生已經在三年前結束，而且白日黑根本什麼也沒有做過，做壞事的人卻依然在外面逍遙法外，那一份不甘，比死更難受。

「妳……一句『對不起』就當沒事發生嗎？」白日黑低下了頭，緊握拳頭。

「我也是受害者。」柔彩粉說。

「妳是受害者，但我根本就不是！我什麼也沒有做過！」白日黑抬頭大叫。

「332695！」獄警叫著他的囚號。

柔彩粉沒有說話，只是用一個倔強的眼神看著白日黑。

軟弱的白日黑與倔強的柔彩粉，形成了強烈的對比。

他看著一個只有十二歲的女孩眼睛，她沒有半點猶豫。

然後，她吐出了四個字：「我想報仇。」

他們的原告與被告關係，就在那時候……改變了。

4

柔彩粉每兩星期就會來見白日黑。

本來，柔彩粉說出真相是最簡單的方法，白日黑也可以洗脫他的罪名，可惜，當時還是小孩的柔彩粉，根本就沒辦法做到。

她的家人收了很多錢，可以讓她的家庭脫離貧窮的生活。柔彩粉的父母不會推翻現在對白日黑的判決。而且，如果柔彩粉說出了真相，收受利益的父母就會變成有罪，柔彩粉都一樣會有罪。

更可怕的是，或者說出真相也沒用，對方一定會用一切方法對付白日黑，甚至是柔彩粉。最後可能什麼也沒法改變，更可能比現時的情況更差。

法律保護每一個人嗎？

你又知道那個律師、那個法官收受了多少利益？

這一點，白日黑最清楚不過。

他已經因為「錢」這個字，而眾叛親離。

法律沒法制裁壞人，那只有一個方法，就是用自己的方式，為不公平的對待，討回自己的公道。

白日黑最初也不想跟一個讓他入獄的女孩合作，不過，他知道柔彩粉所受的痛苦不會比他少，而且她非常堅強，沒有放棄自己，白日黑開始有所動搖。

一年後。

本來像人乾一樣的白日黑，已經有所改變，變得更加有動力。一方面他已經解決「獄中的問題」，更重要是他擁有了新的人生目標。

報仇。

柔彩粉再次來探他，這次白日黑給了柔彩粉一些東西。

「幫我找一個人。」白日黑說：「用我銀行的錢買比特幣。」

「比特幣是什麼東西？」柔彩粉問。

「要報仇，最重要是……」白日黑沒有多解釋：「錢。」

當時的柔彩粉不明白他的意思，只跟著他的說法去做，白日黑給她某人的聯絡方法，還有自己戶口與密碼。

當年，白日黑在獄中報讀了電腦班，他用他的方法賄賂了當時的教師，讓他可以有上網的機會。他一直暗地裡在網上進修，所以細豪根本不會知道他擁有這麼多學位。

然後白日黑發現了……比特幣。

當年只值三美金的比特幣。

那些戶口裡的錢，都是白日黑中學時幫小學生補習賺回來的，誰也沒想到，十多年後會變成每個人夢寐以求的數字。

「另外妳要幫我入書，書單你要好好記住。」

白日黑讀出了有關急救治療、工商管理、教育、法學、心理學等等不同範疇的書籍。

「為什麼要看這麼多書？」柔彩粉奇怪地問。

「想要報仇，錢很重要，不過比錢更重要的是……」白日黑指著自己的頭：「知識。」

只有十三歲的柔彩粉似懂非懂，只是在點頭。

她的內心存在著對白日黑的內疚，不然，她根本不會來找日黑。

柔彩粉說想跟他一起報仇，都只是其中一個原因，另外一個更重要的原因是……

贖罪。

自己所犯下的罪，還有對白日黑的罪。

柔彩粉記得白日黑曾經說過一句說話。

「這個世界，有 51% 的人喜歡落井下石、32% 的人漠不關心、13% 的人見死不救、3% 的人愛莫能助。」

柔彩粉數數手指：「還有 1% 呢？」

然後白日黑指著她。

還有 1% 的人，就像他們兩個一樣，會互相幫助、互相分擔痛苦。

對於柔彩粉來說，這番說話好像在對她示愛一樣，柔彩粉很喜歡這位大哥哥，甚至可以說是「愛」。

這種「愛」很扭曲嗎？

沒錯，不過是旁人不會了解，最真誠的……

愛。

Back

5

豪宅內。

「這個世界，有 51% 的人落井下石、32% 的人漠不關心、13% 的人見死不救、3% 的人愛莫能助……」柔彩粉在說著白日黑的說話：「還有 1%……」

「妳怎麼總是記著我這句話？」白日黑問。

「不跟你說！」

就算不是白日黑向她示愛，柔彩粉也覺得是這個意思。

「不過，不知道那個陳細豪會不會成為幫助我們的 1% 呢？」柔彩粉問。

此時，白日黑的手機響起，是陳細豪。

「日黑。」

「說。」

「我決定了。」陳細豪認真地說：「我會幫助你，還有柔彩粉。」

白日黑看著柔彩粉微笑，她知道陳細豪的答案。

「細豪！謝謝你！」柔彩粉高興得大叫。

為什麼陳細豪最後也相信他們，願意加入？

因為柔彩粉說出了自己的故事。

屬於她的「黑歷史」。

……

…

·

十六年前的那天。

柔彩粉永遠也不會忘記的那天。

晚上，美術室內。

「踩罪黨」六人留在美術室內，還有只有八歲的柔彩粉。

他們正在玩著啤牌遊戲，贏的得到獎勵，輸的懲罰，而他們的懲罰不是他們自己，而是柔彩粉。

他們一直欺凌柔彩粉，比如掌摑、用手搣柔彩粉身體不同部位。

她身體上的傷痕，都是他們六人所做成。

因為已經是最後一堂素描課，這是他們欺凌柔彩粉的最後機會。

虐待她的最後機會。

如果你問為什麼柔彩粉不走？

一個只有八歲的女孩，根本就不知道什麼叫欺凌，而且她每次被傷害後，他們都會給她錢，而錢對於貧窮的她來說，比自己的身體……更重要。

「不如再玩大一點！」纏習山高興地說：「我們分成男女子組，輸的一組要聽贏的一組去做，如何？」

「好啊！」曲玄玄高興地說：「我們女子組才不會輸！」

「我們就玩十三張吧！」茅燦柴說。

「不！我不懂玩十三張！」島朱乃說。

像在罰企一樣的柔彩粉，聽著他們在討論，心中只想著快點完結，結束這痛苦的一切。

「就抽一張牌鬥大吧。」櫻滿春說。

「這樣有什麼好玩……」茅燦柴說。

「好，就抽一張鬥大。」鄧鏡夜看著柔彩粉：「好玩的不是啤牌，而是她。」

「沒錯。」櫻滿春奸笑。

「我就怕妳們輸了不敢做。」鄧鏡夜笑說。

「你們才不敢！」曲玄玄反駁他。

鄧鏡夜的眼神非常邪惡，他看著表情痛苦的柔彩粉：「還等什麼？」

她愈痛，他們愈快樂。

究竟是因為他們身在富裕的家庭才會變成現在這樣？還是他們本身已經這麼邪惡？

人的本性，真的是善良嗎？

還是與生俱來就是邪惡？

最後，女生組輸掉了啤牌遊戲，男生組討論了一會後，鄧鏡夜把一支畫筆掉在柔彩粉的身邊。

「我們想到懲罰了，嘰嘰嘰。」纏習山表情變成非常變態：「把這支畫筆插入她的下體！」

6

最初三位女生聽到後，說他們變態，推搪這次的懲罰，不過……

「我都說妳們怕。」鄧鏡夜用一個看不起別人的眼神看著櫻滿春：「算了，遊戲結束。」

很明顯是激將法，不過，對於自尊心非常重的櫻滿春來說，非常有效。

「結束？」櫻滿春拾起了地上的畫筆：「妳們兩個幫我按著她！」

「不……不要……」柔彩粉一直向後爬。

身為大家姐的櫻滿春表示要完成懲罰，曲玄玄與島朱乃也不敢違抗，她們一左一右捉住柔彩粉，讓她不能動彈！

「嘩！有好戲看了！哈哈！」茅燦柴就在一旁助興。

櫻滿春蹲下來，然後把柔彩粉的內褲脫下，她不斷掙扎，可惜只有八歲的她，沒法擺脫另外兩人！

「妳知道嗎？為什麼妳要被懲罰？」櫻滿春的眼神就如夜叉鬼一樣：「因為妳窮！死窮鬼！」

她狠狠地用畫筆插入了柔彩粉的下體！

深深地插入！

柔彩粉痛得全身發麻！她想大叫卻被島朱乃掩著嘴巴，叫不出來！

血水從她的下體流下！

櫻滿春把畫筆拔出掉在地下，然後站起跟鄧鏡夜說：「怎樣了？是我怕了嗎？」

「不，非常好。」鄧鏡夜輕輕地拍掌：「我的滿春大小姐真的太有膽識了！」

得到他的認同後，櫻滿春的嘴角翹起，笑了。

血水不斷從柔彩粉的下體湧出，染滿了她的碎花裙。

「現在怎樣了？」曲玄玄問。

「遊戲結束了，還不離開可以去哪？」櫻滿春說。

「我們去吃大餐吧！哈哈！」曲玄玄說。

「山腳那間炸雞店好像很好吃！」纏習山說。

「我才不吃炸雞，很肥啊！」曲玄玄說。

他們六人會找人來救柔彩粉？

才不會，又有誰會去救一隻被虐待的螞蟻？

他們好像什麼也沒做過一樣，離開了美術室，只留下快要失血過多而昏迷的柔彩粉。

最後一個離開的鄧鏡夜，回頭看著躺在地上的柔彩粉，然後關上門轉身離開。

只餘下柔彩粉。

她的「懲罰」就這樣完結了？

不，才不。

大約過了五分鐘，美術室的門再次打開，有一個「人」走進了昏暗的美術室。

最沒法讓人接受的事……發生了。

「他」把柔彩粉的衣服脫去，拔出了自己的那話兒，看著柔彩粉。

然後他開始……自瀆！

那話兒雄偉地勃起！

半昏迷的柔彩粉根本就不知發生什麼事，她只感覺到有人把她的嘴巴打開，然後把某東西塞入自己的口腔！

又腥又臭的東西！

她除了下體流血，她的雙眼也在流淚，她很想看清楚那個人是誰！可惜美術室太昏暗，加上她接近昏迷，根本沒法看清！

直至……那些白色的液體從她的嘴角流下……

她很想吐，可惜她全身沒有力氣……

她很快就會失血過多而死去……

八歲的她，很快就結束短短的生命。

✖ ✖ ✖ ✖ ✖

那天的豪宅內。

柔彩粉分享了自己的遭遇。

「如果當日不是日黑來到美術室，我也許已經死去……」她說。

陳細豪緊握著拳頭，沒法說出話來。

有誰聽到柔彩粉的經歷不為所動？除非心理變態，不然，所有人都會替她感到憤怒！

良久，陳細豪終於說話：「妳到現在……也不知道那個人是誰？」

「不知道。」柔彩粉說：「不過，也不用猜想，一定是『踩罪黨』六人其中一個。」

「他們六人全部都是我們的目標。」白日黑說。

整個空間內，又再次進入了沉默。

當天，陳細豪還是沒法一口答應加入他們，不過，就在這天，他打給日黑。

「我決定了。」陳細豪認真地說：「我會幫助你，還有柔彩粉。」

「細豪！謝謝你！」柔彩粉高興得大叫。

「不用謝，我一定會站在你們那邊！」陳細豪說：「不過，究竟你要我幫你做什麼？」

白日黑看著柔彩粉點頭微笑，然後說。

「我要你幫我摧毀……**每一個加害者的人生。**」

Chapter 4

受害者

Victim

1

我的人生中，有兩個偶像。

一位是阿爾希波夫 (Василий Александрович Архипов)。

他是一位蘇聯海軍軍官，一個拯救了世界兩次的男人。

第一次發生在1961年。

阿爾希波夫是一艘核動力潛艇K-19的副艦長，那天，潛艇上的核反應爐冷卻系統失效，因為潛艇帶有三枚核導彈，如果核反應爐出事，核導彈也會被引爆。

他和艦長有兩個選擇，一是棄艇，二是冒死搶修。

最後，他選擇了二。

他帶領十多位船員，最後成功搶修，可惜十多位船員之中，有很多人因為核輻射的關係，在兩年內死去，沒有死去的人，也出現了不同的後遺症。

第二次是在 1962 年秋天。

當年正值古巴導彈危機，阿爾希波夫成為了 B-59 潛艇的副艦長，當時因為 B-59 艦長誤以為核戰爭已經爆發，決定發射核魚雷，而按照約章必須由三位最高軍官，包括艦長、政委、副艦長一致同意，他們才可以發射核魚雷。

艦長和政委已經同意發射，阿爾希波夫卻堅決反對。最後，避免了可能引發毀滅世界的核戰。

兩次拯救世界的男人，是人類的英雄，故事完了嗎？

沒有，還沒有。

在危機結束後，他卻被蘇聯政府與人民斥責為叛徒與懦夫，被人歧視與奚落。

拯救世界？拯救人類嗎？

如果是我，一定不會這樣做。

因為人類是該死的生物。

第二位偶像，是被人誣衊為變童癖的巨星，沒錯，就是 Michael Jackson。

2009 年他死後，才有人為他平反。

小時候，我也覺得這樣的一個怪人一定有問題，不過長大後我才看到「真相」，所有的報道中，受害人都有一個「共同」的特點與目的。

就是為了……「錢」。

大部份誣衊他的人只想在他身上得到更多更多金錢，為了錢，毀了這位超級巨星的一生。

而這位超級巨星的一生中，他向慈善機構捐贈了上億的金錢，他的遺囑寫明，有 20% 遺產是義無反顧地捐到世界各地的基金會。

或者，他真的是孌童，但他卻拯救了上百上千萬的兒童。

你呢？你不是孌童吧？你拯救過幾多人？

你連錢也沒捐過，何來救人？

巨星，在多年後會有粉絲為他平反，那像我一樣的普通人呢？會有人為我平反嗎？

我坐了十年的冤獄，有人會為我出聲嗎？

不，不只是十年，而是我往後的人生，都被冠上變態性侵兒童犯的標籤。

有誰會為我平反？

又有誰可以替我報仇？

沒有，只有我可以替自己完成我的報仇計劃。

我手上拿著一張發黃的相片。

「很舊啊！這張相片有多少年了？十八年？二十年？」黑犬問。

「二十年以上。」我說：「我們當時只有十二歲。」

這是我跟巡音初中時，在下白泥看日落，拍的合照。

我跟一生中最愛的女生合照。

一張很珍貴的相片。

然後……

我用火機把照片燒掉了。

……

…

淺水灣高尚住宅區，這裡是鄧鏡夜的家。

「老公，今晚又很晚才回來嗎？」她問。

「對，最近收購公司的事，我們超忙的。」鄧鏡夜吻在她的額上：「不過，美秀的音樂演出我一定會出席的。」

鄧美秀，就是他們二人的四歲女兒。

「好吧，你別要反悔啊！」她溫柔地說。

「當然，我怎敢反悔，老婆大人。」

鄧鏡夜一手把她抱起，吻在她的唇上。

這個賢淑的人妻、漂亮的母親，她的名字叫……

泉巡音。

白日黑曾經深愛的女人。

2

西貢大浪村，陸記士多。

今天我要去找一個人，他是第一個加入「復仇團隊」的人。

世界上少數我會相信的人。

「今天不開門。」一個瘦削的男人眼睛沒離開過螢光幕：「要買飲品放下錢，自己拿。」

他正在玩著格鬥遊戲《街頭霸王6》網上對戰，雙手純熟地控制著遊戲角色春麗，可惜，看來他快要輸了。

「甲。」我叫著他的名字。

「我都說……」他生氣地回頭看著我：「日黑？！」

他立即放下了手掣擁抱著我：「死仔！終於來找我了嗎？哈哈！」

「來找你代表了……」

他用一個奸險的眼神看著我：「要開始了，嘰嘰！」

Victim

「對。」

「很好！快進來！今天我不開門做生意！」他高興地說。

他的名字叫陸仁甲，人如其名，他本來只是社會上的一個「路人甲」，不過因為我，他完全改變了。

除了柔彩粉和陳細豪，他也是值得相信的人，陸仁甲甚至是第一個讓我信任的人。

為什麼我相信他？

還記得嗎？十六年前的審判中，最後陪審團以6比1大比數判決我有罪，那個唯一的反對票，就是他。

當時仁甲是其中一位陪審員，從審訊一開始，他已經相信我沒有罪，可惜，他的一票最後也沒法幫我脫罪。

我最初入獄時，除了彩粉，只有他來探監。

我問過他為什麼會投我無罪，然後他說是我的……眼神。

「因為你的眼神，我知道你是無辜的。」

當時，還未接受事實的我，我聽到他這樣說，在探監房中……哭了。

一直以來，陸仁甲在社會中都是被小看的一群，他明白一個弱者的感受，他明白被誣蠛的感受，同時，他知道我是無罪的。

他是一個我值得信任的人。

仁甲不像彩粉一樣經常來探我，不過，他卻有他的特長可以成為我的好幫手。

他就是當年幫助我買比特幣的人，我們一起也賺了不少錢。

明明仁甲不需要在這偏僻的地方開士多，偏偏他跟我一樣，都不喜歡接觸其他人。

可以說是社恐中社恐。

而且士多還有另一個用途。

士多內的地牢，有一間殘舊的暗房，地下暗房的面積竟然比士多舖面更大。大門有著最高級的防盜設備，我看著仁甲輸入了三十八個字的密碼後，加上生物認證，門才打開。

暗房內，除了幾個房間，大廳放滿了大大小小的電腦，而有幾台還在掘礦中。

「彩粉最近好嗎？很久沒見她了。」仁甲問。

「很好，她知道計劃要開始，比你更興奮。」我說。

「當然！」他拍拍我的肩膀：「十六年了，誰也想你們可以成功報仇！」

仁甲最擅長的就是電腦與科技，他在一台電腦前快速敲打著鍵盤，畫面很快出現了不同的人物，還有他們……六個人。

「他們的黑歷史一大堆。」仁甲問：「你說，想先對付哪個？」

我指著螢光幕，其中一個男人。

「他。」

3

一星期後，皇家美術學院。

跟十六年前相比，美術學院變得殘舊了，不過，卻添了幾分古典氣息，在建築物的四周，掛起了高價畫作與藝術品，讓學院顯得更有氣派。

同時，也可以收取更高昂的學費。

這都是現任校長的點子，自從他把前任校長趕走後，美術學院變得更有「銅臭味」。

他曾經是一位美術老師，不過已經是十年前的事，這段時間他扶搖直上，十年後終於來到了校長的位置。

他就是當年陷害白日黑的那位美術老師張志萬。

本來校長室是不讓學生進入的，不過，一個十七歲的女學生正在校長室裡。

「爸，今年的素描分數我要拿第一！」女學生說：「你替我跟老師說兩句好話吧！」

「嘿，妳是在賄賂美術學院的校長嗎？」張志萬笑說。

「爸啊！」

「好吧好吧！我就跟老師說聲吧。」

「爸爸是最好的！」

張梓綺是張志萬的女兒，在美術學院的成績非常優異。當然，一直以來，張志萬都有幫助自己最疼愛的女兒。

「今晚回家吃飯嗎？」張志萬問。

「不了，我約了同學去玩。」張梓綺說。

「又是那幾個壞學生嗎？」

「才不是！他們只是成績比較差而已！」

「總之妳別要跟他們走得這麼近。」

「知道了！知道了！」張梓綺說：「我先走了！拜拜我親愛的爸爸！」

張志萬心也甜了，他的人生中有兩件事是最幸福的，一是成為美術學院的校長，二就是這個他最疼愛的女兒。

張志萬微笑點頭，張梓綺離開了校長室，他立即收起了笑容，然後打出一個電話給他的秘書。

「是，張校長。」

「我之前叫你調查的那兩個學生，下個月想個藉口趕他們出校。」他說。

「但……但他們沒有犯什麼大錯……」

「我不管！」張志萬憤怒地說：「妳自己想方法！我不想我的寶貝女再在學校跟他們來往！」

「明白了。」

養兒一百歲，長憂九十九，張志萬絕對不讓其他人教壞自己的女兒。

「張校長，另外有一份速遞文件是給你的。」秘書說。

「是什麼東西？拿給我看。」張志萬說。

很快秘書把文件拿到校長室。

「什麼東西？」張志萬打開了文件，突然面色一沉：「怎會？」

「發生什麼事？」秘書說。

「是誰給妳的？！」他非常緊張。

「不就是速遞員吧。」秘書不明白他緊張什麼。

「出去！」張志萬憤怒地大叫。

他坐回了自己的校長椅，看著手上的資料，額角不斷冒出汗水。

他在文件的最後，發現了一張字條。

「我們來玩一場遊戲吧，親愛的張志萬美術老師。」

✕ ✕ ✕ ✕ ✕

美術學院山腳下，一架汽車內。

一個穿著速遞制服的男人在講電話。

「已經完成了。」他說：「之後要做什麼？」

「等待收成的果實。」

「細豪！辛苦你了！」一把可愛的聲音在電話中出現。

她是柔彩粉。

「晚上，你找個沒人的地方，把速遞制服燒掉吧。」白日黑說。

「好的，沒想到我第一份工作這麼簡單，哈哈！」

這位扮成速遞員的男人，就是陳細豪。

白日黑第一個復仇的對象，就是當年的素描老師張志萬。

究竟，白日黑有什麼計劃？

4

晚上，高尚住宅區。

「我回來了！」張梓綺回到家。

「這麼晚去了哪裡？」她媽媽鄭小君擔心地問。

「跟朋友聊到不知道時間！」張梓綺笑說：「媽，我已經不是小孩了，別要太擔心我啊！」

「知道了。」媽媽微笑：「你爸在等妳，你去書房找他吧。」

「等我？」張梓綺覺得奇怪。

她很快已經來到了二樓的書房。

「爸！是素描成績的事嗎？」張梓綺高興：「你跟老師說了給我高分嗎？」

此時的張志萬板起了臉，跟中午在校長室時完全不同。

「發生了什麼事？」張梓綺問。

張志萬把一台手機給了她：「妳還有什麼好說？」

張梓綺拿起手機按下了播放，畫面中是一群美術學院的學生，當中包括了張梓綺，他們在一間已經荒廢的美術室內……**集體吸毒**。

「為什麼……」張梓綺非常驚慌：「為什麼你有這些影片？」

「妳還問我為什麼！？」張志萬憤怒得大力拍枱：「如果傳了出去，妳知道這樣會有多大影響？」

張梓綺不斷搖頭：「不……不能傳出去，這樣我的人生就會毀了！」

在外人眼中，一直也是乖乖女的張梓綺，絕對不能讓吸毒的事傳出去。

「妳的人生毀了？我的人生也毀了！」張志萬生氣地說：「一直以來，我用幾多錢養妳？妳竟然做出這樣的事？！」

「不，爸爸我……」

「出去！」張志萬說：「妳自己好好反省！」

張梓綺從來沒見過爸爸的表情是這樣可怕，她流着眼淚離開書房。

因為女兒吸毒就這麼生氣？

才不是這麼簡單。

在速遞的文件中，除了那部手機外，還有一疊文件，文件中詳細記錄了張志萬賄賂董事，把前校長趕走的資料。

「我們來玩一場遊戲吧，親愛的張志萬美術老師。」

要玩什麼遊戲？

二選一的遊戲。

公開女兒吸毒的影片，他賄賂董事會的文件會在世上永遠消失；而另一個選擇，就是承認自己的賄賂事件，他女兒吸毒影片將不會公開。

張志萬緊握著拳頭，他看著自己書桌上的榮譽獎狀，他的事業，都是他親手打拼回來，他會這麼容易放棄？

他會親手把自己的事業毀於一旦？

不少的成功人士也是踐踏著別人而上，不理會他人的死活，才來到現在的地位。

大家都非常尊敬這些有財有勢的人，甚至願意舔他們的鞋底，因為每個人都想成為「這一種」人，阿諛奉承成為了社會中的習慣。

你不擦鞋，你永遠都只是地底泥。

而這些有財有勢的人就算明知擦鞋是假說話，他們通通都照單全收，因為他們非常享受被人尊敬與崇拜的快感。

他媽的快感。

這就是我們身處的扭曲社會。

現在，這個踏著別人而上位的美術學院校長，會怎樣選擇？

張志萬看著獎狀旁邊的一張相片，一張家庭的合照。

在相片中，小時候的張梓綺笑得非常燦爛。

張梓綺是張志萬一生中最溺愛的女兒，他會毀了她的一生嗎？

受害者

「對不起，我最疼愛的女兒。」

他對著空氣說。

5

中半山豪宅。

白日黑、柔彩粉、陳細豪、陸仁甲，四個人正在討論下一步計劃。

「其實你是怎樣得到那些資料和影片？」陳細豪問。

白日黑早已介紹了他們給對方認識，因為他們都是白日黑信任的人，大家也沒有懷疑對方。

「吸毒影片很簡單，拍片的人不只一個，就找現場其中一個學生，駭入他的手機，什麼性愛片、吸毒片，所有東西都一目了然。」陸仁甲在 Macbook 中輸入資料。

「但你們又怎知道張梓綺會在那裡吸毒？」陳細豪追問。

「只是色誘一下學院的清潔校工，什麼都跟我說了，嘻！」柔彩粉點點自己的嘴唇：「校工看到他們一班同學在舊美術室講鬼故和吸毒。」

「就是十六年前，彩粉出事的美術室。」白日黑說：「就是當日我被拉走的美術室。」

陳細豪看著他們兩人對望微笑，心中有一份不敢相信的感受，明明是最痛苦的回憶，他們卻沒有逃避，還在微笑，原因只有一個。

就是要「報仇」。

「那校長賄賂的資料呢？」陳細豪問：「那些資料應該不會很容易得到吧？」

「愈黑暗的歷史就愈多人想利用它。」白日黑喝著咖啡說：「要攻破一個『團隊』，首先，就是要他們互相猜疑，然後，就會互相出賣。」

陳細豪不太明白他的意思，不過，他相信白日黑之前已經做了很多事。

很多的「壞事」。

他突然想起白日黑從前的工作，車房發生爆炸、地盤工人失足墮下、廚房火警等等，當時他跟白日黑說：「你好像說到全部事情都是你弄出來似的！」

當時白日黑回答：「我有說不是嗎？」

現在眼前這個為了復仇的男人，的確什麼也可以做得出來！

「你們覺得張志萬會怎樣選擇？」柔彩粉問。

「還用說嗎？」陸仁甲繼續對著電腦螢光幕：「當然會為了自己而出賣女兒！」

「投票吧，大家覺得他會出賣女兒的舉手！」陳細豪說。

四個人中，有三個人舉手，只有一個人繼續喝著咖啡。

他是白日黑，究竟他是怎樣想的？

沒有說話，他只是看著沒有星星的夜空，陰險地笑了。

✕✕✕✕✕

五天後。

銅鑼灣一所高級的時鐘酒店。

男人用著全身的氣力「推著」，雖然有點力不從心，不過，他沒有停止，努力地發洩自己的怒火。

他是張志萬。

在被「推著」的女生，跟他的女兒一樣年紀，地下還放著脫下的校服，很明顯，她是一個女學生。

她一面痛苦地呻吟著。

「去死！去死！去死！」張志萬用力拍打女學生的身體。

「很痛啊！」

他用力扯起女生的長髮：「妳這隻小賤種，給妳錢的人是我！我想妳做什麼就做什麼！」

然後張志萬一巴掌打在女學生的臉上！女生繼續痛苦大叫，張志萬沒有停止，繼續發洩自己的怒火！

身為名校校長的他，每天都對著不同的學生，在別人面前他是一位受人尊敬的校長，內心卻是非常討厭學生，尤其是女學生！

女生被弄到半死，躺在床上。

張志萬發洩完走進洗手間，他看著鏡子中的自己，他的樣子就像想殺人一樣！

6

這五天來，他不是什麼也沒有做，他向速遞公司調查，發現沒有這一個員工，而且那個速遞員巧妙地避開了校內所有閉路電視鏡頭。

他查問董事會受賄的人，他們當然不會踢爆自己受賄，董事會的人反過來警告張志萬，如果事件被揭發，他會有什麼可怕的後果。

有錢時是朋友，當出問題了，別說是朋友，路人也不是。

張志萬用盡方法也查不出究竟是誰洩漏他賄賂的事，也沒法找到發出文件的人是誰，現在他唯一可以做的，就是……

公開女兒吸毒的事件。

當然，就算公開了，對方也有可能反悔，不過，這已是他的最後選擇。

他在洗手間看著鏡子奸笑，然後變成了大笑……

他已經決定要怎樣做了。

……

…

·

兩天後，美術學院的禮堂。

校長罕有地召開了一次全校的早會，而且還在學校的官網上直播。

沒有人知道張志萬為什麼要開早會，也沒人知道他有什麼宣佈，連他的私人秘書也不知道。

張志萬的樣子就如死灰一樣，沒有任何的笑容。

台下的師生也在等待校長的說話，張志萬看著台下的學生，他的女兒不在。

他看著自己的平板電腦，封面是一家人野餐的相片，當時只是小學生的張梓綺笑得很燦爛。

張志萬也高興地微笑。

「父母」兩個字，是世界上最不可理喻的名稱。

為什麼是不可理喻？

明明就是沒有回報，卻依然稱職地完成「父母」的工作。有不少人為了自己的兒女，可以放棄所有，甚至連生命也不要，也希望子女可以快樂地成長。

明明在外是一隻噁心的禽獸，偏偏卻可以在家人面前改變自己的本性。

張志萬就是這樣的一個人嗎？

他……會怎樣選擇？

他看著螢光幕微笑，眼眶泛起了淚光。

一直以來，他踩著不知多少人才來到現在的地位，甚至在十六年前，收受了別人的錢而嫁禍白日黑，摧毀他的一生。

來到了「審判」的這天，他才意識到……自己人生中最重要的是什麼。

張志萬的人生中，最重要的不是他的事業，而是他的家庭，是他的……女兒。

他回憶起由張梓綺出生來到現在，十七年來，一直讓他奮鬥的目標是什麼？

就是為了自己的家庭，為了……張梓綺。

或者，就是「人之將死，其言也善」的真正意思。

Victim

現在，他決定完成一生中最愚蠢的「選擇」。

他用手背抹去快要掉下來的眼淚，打開了平板電腦，在螢光幕中的，不是張梓綺的吸毒影片，而是自己賄賂董事會的文件。

張志萬看著台下的學生，微笑了。

在他的身上，好像發出了耀眼的亮光！

他決定了要……自首！

雖然他知道自己做了很多錯事，不過，現在他決定改變，為了自己的女兒而承認自己所有的過錯，他不想毀掉女兒的一生。

也許對於從前的他來說，這個決定是錯的，不過，現在他領悟了。

他真真正正領悟到，什麼才是最重要。

「親情」才是最重要！

「各位，我有一些事情想宣佈。」張志萬說：「對不起，我……」

就在他將要彌補自己的過錯之時，突然有幾個男人走上台。

全校也覺得非常驚訝！

男人拿出證件對著張志萬說：「我是調查科警員張大輝，現在懷疑你跟一宗賄賂案件有關，請你跟我們回去警署協助調查！」

7

禮堂的所有人都靜了下來。

張志萬瞪大了眼睛，表情驚慌。

「發生了什麼事？！我還未說出賄賂的事，為什麼會有人來逮捕我？」他心想。

本來他就是想親口承認自己的過錯，不過，現在卻先被人揭發！

那種心情是完全不同！

同一時間，大批記者已經來到了美術學院的門前準備採訪，很明顯，有人放出了消息。

而其中一個人，他不是記者，卻比記者更早來到，他是……白日黑。

「這次真的是猛料！」其中一個記者說：「收受賄款的人好像是某些黑道，應該可以大肆報道！」

「對！哈哈！聽說是有人向警方報料，而那個人就是……」另一個記者說。

白日黑微笑，從心而發的笑了。

不久，張志萬從學校正門被押出，大批記者上前採訪！

白日黑看著面如死灰的張志萬，他們對望了一眼，不過張志萬現在的處境，根本就沒閒心去理會這個「閒人」。

那天，柔彩粉問大家，張志萬會怎樣選擇？

結果只有三個人舉手，白日黑沒有。

因為他覺得張志萬為了自己的女兒，也許會承認自己的罪行。每一個人都有自己的弱點，無論你是偽君子，還是窮凶極惡的人，都會有「弱點」。

張梓綺就是張志萬的弱點。

是白日黑把張志萬的黑歷史告訴警方？

才不是。

他用上一個更可怕的方法，利用張志萬的「弱點」，把他掉進……**萬劫不復之地**。

比他自己承認賄賂，更痛苦的境地。

Victim

……

…

.

張志萬收到速遞文件的第二天。

一所樓上貓咪咖啡店。

一男一女正在對話，他們完全無心去逗貓，因為發生了一件非常嚴重的事。

對於張梓綺來說，將會毀了她一生的事。

「你慢慢看。」白日黑喝著咖啡：「還有很多有關妳吸毒的影片，妳想看的話，我放上YouTube給妳看。」

「不要！」

她緊張地大叫，全場人都看著他們的方向。

現在的情況，就好像一個男人威脅另一個女學生，想對她有什麼不軌企圖一樣。不過，白日黑一點也不介意，因為他已經習慣被人誤會。

「二選一。」白日黑用一個奸險的笑容說：「只要你把父親的賄賂資料交給警方，所有有關妳吸毒的影片將會全部銷毀。」

「不……我……」張梓綺在猶豫著。

「我沒強迫妳，都是由妳決定。」

白日黑拿出了手機，跟樣子非常驚恐的張梓綺來了一張自拍。

「我喜歡妳現在的樣子，今晚可以拿來打手槍。」他說。

「死變態！」

張梓綺想一巴掌打在這個賤男人的臉上，可惜她不敢。

當然白日黑才不會拿相片來打手槍，他也「沒能力」這樣做，他只是想恐嚇這個只有十七歲的女生。

「我先走了。」白日黑說：「賬單交給我吧，妳可以跟貓玩玩。」

他看著一隻可愛的白貓走了過來看著他。

「對，忘了跟你說。」白日黑回頭：「這個遊戲你爸都會參加，當然，他不知道妳也參與，妳自己想想最後他會怎樣選擇？」

張梓綺瞪大了雙眼。

「為了自己的利益，妳覺得他會出賣妳嗎？」白日黑奸笑：「不過，如果妳比他更早……」

已經不用再說下去，張梓綺明白他的意思。

「要攻破一個『團隊』，首先，就是要他們互相猜疑，然後就會互相出賣。」

這是白日黑曾說過的話。

人類的關係，就是這麼的脆弱。

他媽的脆弱。

出賣張志萬的人，不是白日黑，而是他……

最疼愛的女兒！

8

要摧毀一個人的一生，就由他最重視的人開始。

一個人怎樣才是最痛苦？

張志萬為了女兒，選擇放棄自己的人生，卻沒想到出賣他的人，就是她最深愛的女兒。

不只這樣，某些跟他有過一手的少女，為了知名度，公開了有關張志萬嫖妓的事，當然，她們都說自己是身不由己，還把張志萬形容為衣冠禽獸。

美術學院校長賄賂案，成為了全城的焦點，所有有關的人都跟張志萬劃清界線，現在的張志萬不只是身敗名裂，他甚至開罪了那些被賄的有財有勢大人物，不只是坐監，他甚至可能有生命危險。

白日黑的復仇計劃完成了？

才不，現在的「懲罰」還未足夠。

數天後，張志萬保釋回家，現在他只餘下對他最重要的……家人。

不過，他不會知道出賣他的人，就是自己的女兒。

Victim

張志萬回到家後，才發現一生最重要的東西，已經……消失了。

他的妻子與張梓綺昨天已搬走，而且還不接聽任何電話。

張志萬一個人坐在空無一人的大廳，他哭了。

「呀！！！！！」他痛苦地大叫。

他一生的成就、家庭、人生、未來，通通在這幾天之內全部失去，他現在已經什麼也沒有。

他已經打過很多次電話給太太與女兒，可惜她們都沒有接聽。

此時，他的手機突然響起，他以為是太太打給他，立即接聽。

「君！我對不起妳！我……」

「你對不起的就只有她嗎？」

一把男人的聲音。

「你……你是誰？」

「還記得妳女兒吸毒的地方嗎？」他說：「妳想見見自己深愛的女兒嗎？今晚凌晨零時，一個人來，別要通知任何人。」

「妳想對梓綺怎樣？！如果她有什麼不測，我不會放過你！」張志萬非常緊張。

沒有任何的回答，對方已經掛線。

張志萬已經失去了所有，現在只餘下深愛的家人，他已經……

沒有其他的選擇。

……

…

．

凌晨零時零分。

張志萬來到了舊校舍的美術室，就是十六年前柔彩粉被虐待的地方。

他打開了大門，美術室內什麼人也沒有。

「梓綺！梓綺妳在嗎？」他大叫著。

突然美術室的大門關上！

張志萬回頭看著大門，一個男人站在門前，在昏暗的環境中看得不太清楚，他只感覺到這個男人好像在哪裡見過，卻說不出他的名字。

「你……你是誰？我的女兒呢？」

「你已經忘了我嗎？」他說：「不過，十六年來，我一直也沒有忘記你。」

男人走到玻璃窗旁，街燈的光照進室內，張志萬終於看得清楚男人的樣子。

「你是……」

「一個被你陷害坐了十年冤獄的人。」

他是白日黑！

張志萬呆了一樣看著這張熟悉又陌生的臉，當然，張志萬的目的不是來敘舊的。

「我女兒在哪裡？」

「你真的是一位很好的父親。」白日黑坐到一個畫架的旁邊：「不過，妳女兒不在這裡。」

「不在這裡……？」

「張梓綺不在這裡，同時，她……出賣了你。」白日黑說：「你被公開的賄賂資料，都是由妳疼愛的女兒交給警方。」

「什麼？！」憔悴的張志萬根本不相信他說話：「你亂說！根本不可能！」

白日黑把同樣跟張梓綺玩的遊戲告訴了他。

「不可能！我女兒不會出賣我！」

然後，白日黑把一台手機掉了給他，畫面是張梓綺的影片。

張志萬按下了播放，張梓綺第一句說話是……

「爸，對不起。」

Victim

9

張梓綺說出了出賣父親的原因，就像張志萬曾經想公開女兒吸毒影片的心情一樣，不過，張志萬選擇了放過自己的女兒，而張梓綺卻出賣了自己的父親。

出賣一個供書教學養大她的父親。

張志萬跪在地上，他完全不能接受自己的女兒會這樣對待自己！

他完全沒法接受！

崩潰了，他跪在白日黑面前痛哭！

「哭有用嗎？」白日黑蹲在地上：「我也試過絕望的感覺，但哭是完全沒有用的。」

「為什麼……為什麼要這樣對我？」張志萬問。

「嘿，好笑了，你問為什麼？」白日黑苦笑：「十六年來，我有問過你……為什麼你會這樣對我嗎？」

張志萬當然沒有忘記當年收了錢的事，他叫白日黑回來美術室，就是為了讓他成為他們的代罪羔羊。

從那時開始，張志萬開始扶搖直上，來到現在的位置。

「是你利用了梓綺，她才會出賣我！我要告發你！告發你！」他還在冥頑不靈。

「這是很嚴重的指控呢，不過，你……有什麼證據呢？」白日黑奸笑：「還有誰會相信你？」

「有什麼證據」這句說話，就是十六年前張志萬跟白日黑說的，他沒有忘記。

張志萬用一個絕望的眼神看著他。

「我已經查出被你賄賂的人是誰，有黑道背景的他們，看來不會放過你。」白日黑站了起來：「他們對付完你就會對付你的家人……」

「不要！求求你不要！」張志萬抱著白日黑的大腿：「不關她們的事！要對付就對付我吧！」

白日黑一腳把他踢開：「你一家的死活，關我什麼事？」

「你有方法的！求求你幫幫我！」張志萬歇斯底里地說。

「這樣嗎？的確有一個方法。」白日黑指著地上的東西：「如果你死了，也許那班人就不會對付她們了。我看過你的保險單，自殺也可以賠償。」

白日黑指著的，是一桶……電油！

張志萬看著那桶電油，已經崩潰絕望的他，會因為這樣而自殺？

不，不會。

白日黑知道，他還未到完全的崩潰。

「受保人是你的家人嗎？」白日黑拿出一個火機：「你死了，她們不會被那群沒人性的黑道對付，而且還有大量的遺產與保險金，對吧？」

張志萬不斷在搖頭。

「你不是最愛你的家人嗎？你不是願意為她們犧牲嗎？」

要讓一個人完全崩潰，只需要三件事。

一，公開他的黑歷史；

二，被最深愛的人出賣；

三，讓一個人感到無法挽回的悔意。

白日黑把火機放在張志萬的面前。

「自由意志，一切，都是由你選擇。」白日黑說：「對，忘了跟你說最後一件事。」

然後，白日黑說出了讓張志萬真真正正崩潰的事。

日黑有心留到最後才告訴張志萬。

「你應該想不到，你賄賂的資料是誰交給我吧？」白日黑慢慢地退後：「你一定是覺得，根本沒有人會知道你的黑歷史，對吧？就如你當年收錢叫我回來美術室一樣，沒有人會知道。」

張志萬抬起頭看著他。

「你跟未成年少女上床的事，『她』一早就知道了。」白日黑說：「多年來，『她』一直也忍受著你的所作所為，一直痛苦地生活著，一直痛苦地……**睡在你的身邊**。」

張志萬瞪大了雙眼，他心中已經知道是誰出賣了他！

「你有多久沒在床上碰過她？你又真的明白她的感受嗎？」

Victim

白日黑所說的人就是……

張志萬的太太，鄭小君！

不只是女兒出賣他，其實比她更早出賣張志萬的人，就是他的太太！

不會有錯，只有張志萬的太太才可以把他的「黑歷史」告訴別人！

一個張志萬一世也不會想到的人……出賣了自己！

「已經無法挽回了。」白日黑走到門前：「你將會一世後悔，不，不對，如果你死了，至少也可以挽回一點尊嚴，留下你的遺產，你還勉強可以算是一個好老公、好爸爸。」

白日黑一手把他推入萬劫不復之地！

張志萬已經掉進了……萬丈深淵！

「選擇就在你手上，為了你最愛的家人，你應該知道最好的做法。」白日黑說：「再見了，我的素描班老師。」

大門關上，只餘下張志萬一個人，還有他絕望的呼吸聲。

10

誰才是受害者？

以巴衝突，被突襲殺害的以色列平民是受害者？還是加沙地區被無情炮火轟炸的巴勒斯坦平民是受害者？

坐了十年冤獄的白日黑是受害者？還是被最深愛家人出賣的張志萬是受害者？

世界上真的存在公平？

根本不存在。

因為只要是立場不同，沒有人是中立的，更談不上是公平。

一小時後。

白日黑看著山上火光紅紅的美術學院。

因為學院有大量的油彩與畫紙，火勢蔓延得很快。根本就沒有人會想到，會有人在這個充滿藝術氣息的地方……

引火自焚。

白日黑在遠處欣賞著大火，摧毀著整間美術學院。

摧毀掉他跟柔彩粉十六年前的痛苦回憶。

此時，他的手機響起。

「火光很美啊！」柔彩粉說：「你發給我的影片太美了！」

「計劃已經完成，妳可以離開了。」白日黑說。

「你在擔心我嗎？」柔彩粉用一把誘惑的聲線說。

「不擔心你，還擔心誰？」白日黑說：「快走吧，我不想妳留下來。」

「好吧！就聽你的！」

畫面很快已經來到了一間時鐘酒店。

全裸的柔彩粉掛線後，從洗手間走了出來，床上的兩個男人還睡著。

他們是誰？

本來每晚美術學院都有保安員駐守，不過今晚，他們卻在一場欲仙欲死的遊戲中，累到睡死了。

不久，他們將會因為擅離職守，承受嚴重的處罰。

柔彩粉穿回了性感的衣服與高跟鞋，離開了時鐘酒店。

被兩個陌生的臭男人騎在身上，她不痛苦嗎？不，才不痛苦，在她臉上掛上了最燦爛的笑容。

因為他們第一步的復仇計劃，完成了。

白日黑與柔彩粉為了報仇，可以做到什麼程度？

至少可以肯定，就算要他們出賣身體也在所不惜。

……

…

.

第二天早上，各大傳媒爭相報道美術學院的大火，同時他們發現了張志萬被燒焦的屍體，警方很快已經判定，他的死沒有可疑。

因為張志萬的自殺，合情合理。

看似受害者的張梓綺，更成為了網紅，她對父親所做的事非常痛心，不過，她更痛心自己失去了一位父親。

痛心個屁。

全都是她的演技，現在她更安心了，因為已經不用怕父親公開她吸毒的影片。

而張志萬的太太也繼承了龐大的遺產，在這場自殺的大火之中，也許最快樂的人，就是她。

一直以來，張志萬太太鄭小君都知道他的所作所為。她加入了一個名為＊「殺夫同盟會」的隱蔽組織，目的，就是要張志萬慘死。

別要小看女人的妒忌心。

而白日黑認識「殺夫同盟會」的高層人員，正好張志萬又是日黑計劃要殺死的人之一，一舉兩得。

至於有關「殺夫同盟會」是一個怎樣的組織？

這又是另一個故事了。

最後，張志萬以死來換取對家人的悔意，看來，他失敗了。

為了家人忙碌大半生的張志萬，絕對是……**死不瞑目**。

這就是真正的……**報應**。

……

……

．

＊殺夫同盟會，詳情可欣賞孤泣另一作品《金錢遊戲》、《人性遊戲》系列。

山頂，一輛 Tesla Model 3 上。

「所有的影片都已經刪除了。」白日黑說：「就連你的豬朋狗友拍的都刪除了。」

「我相信你，嘻。」張梓綺說：「叔叔，這真的是感激你！」

「你死了父親也感激我？」

「當然！其實他早死早著！最討厭他管我！」張梓綺說：「你有訂閱我的頻道嗎？最近我成為了最紅的網紅！」

白日黑看著這個外表乖巧，只有十七歲的女生，也許，有些人不需要什麼「報仇」，已經是邪惡的化身。

整件事件中，大家都以為她是「受害者」，其實，她才是最大的「得益者」。

「你不是拍我的相片來打手槍嗎？」她的手指在日黑的大腿上游走：「其實我有很多『私藏』相片呢，你想不想要？」

「嘿，留給妳自己吧。」日黑苦笑了一下：「我們走了。」

白日黑一點興趣也沒有，他心中只想到一件事……

或者，未來的日子可以多多利用她。

他駕車離開山頂。

他們的第一個目標張志萬死去，這才是……**——復仇的開始**。

Victim

Chapter 5

接近

Closer

1

中環整形外科中心。

這是全港最知名的整形醫務所，有錢人與大明星都是這裡的顧客。為什麼這所整形中心會廣受名流歡迎？除了主診醫生的手勢一流，是因為他們對於整容顧客的資料是「絕對保密」。

而這所醫務所的主診醫生，就是纏習山。

當時在美術學院的他成績一般，纏習山決定轉到整形外科就讀，曾有報道稱，他是全球最好的整容界藝術家。

他正在辦公室內，喝著咖啡跟舊同學聊天。

「習山你有看新聞嗎？當年那個美術老師放火自殺死了。」島朱乃說：「真的沒想到，他會自殺。」

「誰？我已經忘了。」纏習山看著前方準備做手術的女生：「朱乃我們好像很久沒做了，這星期要不要來一炮？我順便幫妳檢查胸部，看看我的手術手勢如何。」

「呵！你這個變態的整容醫生，我才不要呢。」島朱乃奸笑：「你的手勢我當然有信心。」

「很失望的答案呢，不過我知道妳是在讚我，嘰。」纏習山笑說：「對，打給我幹嘛？」

「找到了。」

「真的嗎？」纏習山高興地說。

「對，不過她已經改名換姓，現在她的名字叫李福秀，而且沒有出境記錄。」島朱乃笑說。

「即是說她一直也在香港？」

「沒錯，我打給你是因為鏡夜約我們明晚在老地方見面，部署新的……『計劃』。」

他們找的人，就是……柔彩粉。

「那個大忙人自己不打給我嗎？」纏習山說：「好吧，我一定到，現在我要開始做手術。」

「BYE，明晚見。」島朱乃掛線。

纏習山放下了手機，看著在手術床上昏迷的女生。

「李福秀？李……復仇？嘿，真有趣呢。」

在手術過程中，沒有其他的助手，而且醫生可以隨時接電話嗎？

當然可以，因為在手術室內，纏習山就是「神」，而且是……最變態的神。

因為私隱問題，他是全行中唯一一個不需要助手的整形醫生。終於知道為什麼他會這麼受上流社會人士歡迎。

終於知道為什麼是「絕對保密」。

因為沒有其他人知道整形人士的身份，除了纏習山。

這天，這個昏迷的女生要做的是隆胸手術，她的乳房已經早早被割開，纏習山一邊聊天一邊看著血水流下來。

他最喜歡的「藝術」畫面。

能讓他「興奮」的藝術品。

他沒有繼續他的手術，而是脫下了自己的褲子……

「嘰嘰，今日我特別興奮呢！」

那話兒雄偉地勃起，他對著乳房還在流血的女生，右手握著自己的那話兒，下一個動作已經不用再寫下去。

全裸的女生沒有任何反應，這噁心的場面，也許只有一個人會喜歡。

這個人就是……

變態的纏習山醫生。

2

十六年前。

白日黑被判處十年刑期。

在獄中，性侵犯與強姦犯將會成為其他囚犯對付的對象，更何況白日黑侵犯一個十歲也不到的女童？

入獄的那一年，他成為了監獄內的「男主角」。

囚犯的浴室內。

一班囚犯正圍著兩個人。

「一個強姦阿婆，另一個性侵女童！」其中一個入獄多年的囚犯說：「現在就來一場比賽，看看誰會成為我們下一年的『性奴』！」

全裸的白日黑與另一個強姦阿婆的男人，要來一場男人之間的對決。

在他們的面前，是另外兩個赤裸的囚犯，花灑的水一直打在他們的身上，兩人蹺起臀部，等待著對決開始。

白日黑要跟那個男人鬥快插入兩個男人的肛門，然後……「發射」。

輸了的一方，將會成為這個監倉所有男人的洩慾工具！

「現在開始！」

男人快速行動，他才不想成為這些噁心男囚犯的性奴！

白日黑呢？

他害怕得只懂呆站原地，而且全身顫抖！

「你這小白臉還不快去！」

眾囚犯把白日黑推向花灑下的男人，他的那話兒已經碰到男人的臀部！

「快勃起！勃起！」白日黑心想。

問題是，不是對著男人不能勃起，而是白日黑……根本沒法勃起！

Closer

他知道如果沒法完成他們的遊戲，他將會一直被侮辱、被折磨、被踐踏！當時，他非常痛恨沒法勃起的自己！

還有那些讓他變成現在這樣的人！

在眾囚犯的吶喊助威之下，白日黑眼巴巴看著那個男人把那話兒插入那裡，不久，白色的液體從男囚犯的那裡流下！

「YEAH！YEAH！我成功了！成功了！」

男人振臂高呼看著白日黑，他一世也不會忘記，那個男人的得意眼神。

一個「看你怎樣死」的恥笑眼神！

其他的囚犯立即群起而出，把白日黑捉住！

「我最愛又白又滑的屁股！小鮮肉！哈哈！」

「不要！不要！」白日黑看著浴室外的獄警呼叫：「求求你救救我！救救我！」

可惜，那個獄警懶理，只是在一旁抽煙，他才不會去救一個性侵女童的犯人。

白日黑被拉到花灑的位置，雙手拍著浴室的牆壁，花灑的水一直從他的頭上灑下，然後……

「**呀！！！！**」

隨之而來，就是被撕裂的痛楚！

他不斷痛苦大叫，眼淚不斷湧出，白日黑只能痛苦地慘叫，根本就沒有人會救他！

從那天開始，三年時間，他成為這個監房的……性奴！

男人最痛是什麼？

已經不只是能不能夠勃起，而是整整三年內，成了其他噁心男人的性奴！

每一天都被痛苦地侮辱！

他媽的被折磨到體無完膚！

終於明白為什麼白日黑的復仇決心會這麼堅決嗎？

直至三年後，只有十二歲的柔彩粉來找他，白日黑決定了……改變。

完全的脫變！

Closer

某天，他拿著一支磨尖了的牙刷，來到了浴室。當時他還是一眾男囚犯的洩慾工具。

「日黑，你想做什麼？」其中一個男囚犯問。

白日黑在奸笑，他看著一眾的囚犯。

他想對付其中一個囚犯？

才不是，白日黑知道，如果傷害他們只會被圍攻，那班賤種反而會變本加厲，他只會更慘！

他唯一的方法就是，用自己的身體去警告他們！

白日黑把磨尖了的牙刷……插入自己的下體！

3

他用力地插入，然後全力向右一拉！

花灑水與下體血水，還有一顆圓圓的「某東西」一起掉在地上！

全浴室的男囚犯都呆了看著白日黑！

白日黑面目猙獰，完全沒有半點痛苦！

「嘰嘰嘰嘰……這三年你們玩夠了嗎？」他瘋了一樣奸笑：「從今天起，沒有人可以碰我！如果你們任何一個人還要來，你們的下場將會像我現在一樣！我會用盡任何方法，用插、用揸、用咬，任何方法去……**對、付、你！**」

囚犯看著血水慢慢流向排水口，他們完全感覺到白日黑不是說笑，他是來真的！

「如果你們想試試是怎樣的痛楚，來吧，我一定言出必行！奉陪到底！」白日黑說。

不知道是花灑流下的水，還是他的淚水，伴隨著他……

瘋狂的笑聲！

白日黑真的瘋了嗎？

才不，他甚至比任何時候的自己更加清醒，他知道要報仇，一定有必要的付出，就算是傷害自己，他也在所不辭！

他的計劃成功了。

從那天開始，再沒有任何一個囚犯敢接近他，割去一邊睪丸的畫面在他們的腦袋中一直揮之不去！

他們再不敢把白日黑當成洩慾工具。

同時，白日黑開始巴結在獄中最高權力的男囚犯，成為了他們其中一份子。

他憑什麼可以這樣做？

別忘記，白日黑在陸仁甲的幫助之下，買入了大量的加密貨幣，他擁有的，已經不只是不怕死的勇氣，而是世界上最重要的……爛臭金錢！

不久，白日黑吩咐其他囚犯，去對付當天用恥笑眼神看著他的那個強姦阿婆男人！

那個男人成為了白日黑的代替品！

有天，他看著那個男人在浴室中被「侮辱」時，白日黑笑了。

他媽的大笑了！

從那天開始，他才知道自己的快樂，必須建立在別人的痛苦之上！

白日黑終於成為了一個狠心的……——**復仇者**——。

……

…

.

中環皇后大道某大廈，心理治療中心。

「呀！！！」

我從催眠的治療中醒過來，才發現我身旁的花瓶被打碎在地上。

她緊張看著我：「沒事了沒事了！你已經回來了！」

我還未完全清醒，只有呆呆地看著地上的水，就像當年我在監獄浴室內流的血一樣。

「喝口水。」她把杯遞給我，托托眼鏡說：「沒想到你在獄中經歷過這種可怕的事情……」

我大口大口喝著水，看著她的表情，很明顯她也非常驚慌，只因她顧及專業心理醫生的形象，才故作鎮定。

她叫何靈素，二十七歲，是我這五年來一直看的醫生，我跟她第一次見面時，她還是新入行的心理醫生。

除了因為她漂亮，更重要是我已經調查過，她從外國回來香港執業，病人之中沒有跟任何上流社會有關，反而多是平民大眾。

以她的美貌與知識，絕對可以在上流社會打滾，她偏偏卻用便宜的收費，幫助有需要的人，五年來如一。

「黑犬，看來她被嚇呆了。」我說。

「當然吧，你的故事根本就是慘劇！哈哈哈！」黑犬笑說。

何靈素看著我跟身邊的人說話，樣子有點奇怪。

當然，因為……**她根本看不到他**。

Closer

「跟你幻想出來的人對話，其實沒什麼錯，不過，你還是要知道，那個只是幻覺，不是真實的。」何靈素說。

我跟黑犬對望了一眼，笑了。

「好吧。」她呼了一口大氣：「日黑，這次催眠讓我更了解你的過去，我從來沒想過你經歷過這麼悲慘的事，在未來日子，我對你的治療方向可能會有所改變。」

「其實，這次可能是我最後一次來找妳。」我說。

「為什麼？」她有點驚訝。

「因為妳已經知道我全部的過去。」我說：「已經足夠了。」

「你的心理病還未好，不能就這樣結束療程啊！」何靈素像家長一樣說：「足不足夠從來都不是病人決定的，是醫生決定，即是我。」

我看著她認真的樣子笑了。

其實，一直以來我也是在利用她，就好像陳細豪一樣，我用了五年時間去觀察她的為人，而她也是值得信任的人。不過我不會讓她加入我的復仇大計，她的「工作」，只是幫我記錄屬於我的故事。

我不想將善良的她，捲入這次復仇計劃之中。

當我有一天死去，她就是最清楚我過去的人。

我想把我的故事留下來。

如果你問我為什麼要這樣做，連我自己也不知道，只是覺得我的過去，對於其他人來說，總有屬於它的意義。

「日黑，其實我可以用催眠的方法，幫助你翻案。」何靈素說：「因為我知道一直以來你在催眠時所說的故事，都是真實的。」

「沒用的，這只會重蹈覆轍，他們的勢力比妳想像中更大。」我搖搖頭：「現在，只可以用我的方法，去討回我認為的公道。」

何靈素沒有反駁我，因為她已經不只是第一次這樣跟我說，而我也不是第一次拒絕她的幫助。

她嘆了口氣：「我知道你的過去很痛苦，而且不是每個人也可以忍受，不過，現在的你已經有自己的新生活，你可以變得更好。」

「妳何時變了勵志講師？」我笑說：「我可以變得更好嗎？或者，我根本不需要。」

「每個人都會追求自己的幸福……」

「如果之後的日子，有人來問妳有關我的事。」我打斷了她的說話：「記得我從來也沒有來過。」

「有誰會來找你？」何靈素問。

我沒有回答他，穿上外套準備離開。

「日黑！」她叫停了我：「你不會真的想向那些人……」

我沒等她說出「報仇」兩個字，緊緊擁抱著她。

如果是其他人，她一早就把我推開，不過，我跟何靈素的關係，除了是醫生與病人，還有多一層的關係。

我是一個說故事的人。

而她就是聽故事的人。

無論是何靈素可憐我，還是其他的感覺，我知道，她不會把我推開。

不會把一個可能是最後一次見面的人推開。

在這社會，我遇過的賤人實在太多，所以，願意對我好的人我會更加珍惜。

此時，我的手機響起，是彩粉。

「日黑，出了問題。」彩粉說。

「什麼事？」

「細豪他說……不想再做下去了。」

5

中半山豪宅。

我們四人都在大廳。

美術館那場火災，張志萬引火自焚，都是我們的計劃。說不上是直接殺死他，卻一定是間接。對我跟彩粉來說，他是死有餘辜；不過，對於其他人來說，想法不可能像我們一樣。

「日黑……」細豪低下了頭：「我還是做不下去。當時是我把文件交給他，最後他因為我們而自殺死了。」

「那個姓張是該死的。」仁甲繼續敲打鍵盤：「有什麼問題？」

「有什麼問題？」細豪帶點憤怒：「我們害他家破人亡然後自殺！你覺得沒問題？」

「這只是開始。」彩粉說。

「我知道。」細豪看著她：「我知道你們經歷過什麼，我也替你們難過，不過……」

「退出吧。」我簡單地說：「別擔心，我不會問你拿回工資，你不用再幫我。」

「這樣不就少了一個行動的人，我們要怎樣找？」仁甲停止了輸入，看著我。

「沒問題的。」我說。

「日黑……」細豪回頭看著我。

「但你離開後不能向任何人說出我們的事。」我說：「就算親人也不可以。」

「我不會說的。」細豪向著我跟彩粉鞠躬：「對不起！都是我的問題！對不起你們！」

就在此時，彩粉在我們面前脫下了短褲，露出了內褲，在她的肚臍下方有一道長長的疤痕。

細豪看到呆了。

「你知道那班人是如何對我？」彩粉泛起了淚光：「那次之後，我要做多次的手術，才能夠痊癒，而且我……永遠不能生育！」

細豪的表情非常痛苦。

我知道，不是每個人都能接受與認同我們報仇的方法。

「你說我們是做著傷天害理的事嗎？」彩粉非常激動：「但又有誰懲罰那些傷害我們的人？！」

「彩粉……」我抱著她：「別要這樣，不是每個人能明白的。」

細豪沒有說話，只是緊握著拳頭。

仇恨會摧毀別人，同時也會摧毀自己？

對於我來說，就算是摧毀自己，我也要完成計劃，因為我已經……什麼也沒有了。

我有錢嗎？有權力嗎？

不，這通通都不是我本來想要的東西，我只想要一個最簡單、最普通的人生，不過，現在已經回不去了。

不久，細豪終於說話。

「好吧，我會繼續幫助你們！」細豪認真地說：「對不起，是我不懂你們的感受，我收回離開的決定！」

「這樣才對。」仁甲微笑說。

「謝謝你的了解。」我拍拍他的肩膊。

「不用多說！」細豪變得堅定：「我隨時候命！」

「幹嘛，現在又變了勵志電視劇？」我微笑說。

我們四人相視而笑了。

這不是勵志電視劇，而是復仇電影，我們四人心中也很清楚。

細豪離開後，我在鞋櫃枱面看到一張支票。

我拿起來看，是我在茶餐廳給他的那一張，細豪又再次把它還給我了。

他還是沒有收下我給他的報酬，但他決定繼續幫助我們。

我把支票撕掉，同時，看著門背鏡子中的自己。

「白日黑，你已經回不去簡單的生活，請繼續你的報仇人生吧。」

我對著鏡子說。

Closer

✖✖✖✖✖

數天後，中環整形外科中心。

纏習山在整理著文件，欣賞著他多來成功的手術資料，全都是血淋淋的相片。

有人敲辦公室的門，是整形中心的護士，當然她從不參與手術。

「纏醫生，下一位差不多時間了。」漂亮的女護士說。

「沒問題，三分鐘後可以進來。」他跟她單單眼。

護士也不知道纏習山是這麼變態的醫生，因為他一直以來都是一個人做手術。

他一個人「下毒手」。

女護士愉快地離開。

對於其他人來說，纏習山一直以來也沒有拍拖，事業有成的他，絕對是鑽石級的單身漢。

可惜，沒有人知道他沒有拍拖的原因。

只因正常的性愛已經不能滿足纏習山，這些年來，他一直也在侵犯手術床上的女人，這樣才可以讓他得到最有快感的高潮。

最讓人羨慕的單身漢嗎？

太多數人只會看表面，根本就不知道那些你羨慕的人內裡的「陰暗」。

三分鐘後大門打開，同時，纏習山看著接下來要整容女生是誰。

他瞪大了眼睛，因為那個人的名字叫……**李福秀**。

同一時間，柔彩粉走進了纏習山的辦公室。

纏習山當然不會忘記她，已經不用四處找她了，她已經……

自動送上門。

Closer

6

銅鑼灣高級餐廳的VIP房內，島朱乃正在等待她的「新客」。

島朱乃很喜歡稱呼他們做「客戶」，她的工作是被「包養」。她非常專業，不只是上床，她還會給對方一份戀愛的感覺，女朋友或人妻，任君選擇。

城中有不少的名人也是他的客戶，不過，三十多歲的她，已經不再是男人最愛的「少女」，很多女大學生搶去她的工作，最近幾年她的客戶開始減少，她知道自己要更加努力，才可以一直成為上流社會的一份子。

在他們六位好友之中，她不算是有財有勢，但為了可以跟他們一起置身上流，她利用了自己的樣貌與身體來換取想得到的優質生活。

當然表面上，她根本不在乎跟兩位比她更有錢的姐妹相處，不過，她的內心卻是妒忌得要死。

她才不是含著金鎖匙出世的千金小姐，她比櫻滿春和曲玄玄更努力，偏偏，她一世也沒法像她們一樣有錢。

島朱乃在等待新客到來，一個年輕女侍應走入 VIP 房，因為她是新來的服務生，不小心弄倒了桌上的茶杯，流出來的茶差點弄污島朱乃的 Hermès 手袋。

女侍應連忙說對不起。

「妳怎樣了？妳知道這個手袋是限量的嗎？妳知道值幾錢嗎？」島朱乃生氣地說：「妳兩年的人工也不夠賠！」

「對不起！」

「叫朱經理過來！他一定想聽聽我的客戶意見，嘻！」

「不……下次我會小心！對不起！」

「還有下次嗎？我投訴妳，明天妳就不用上班！」島朱乃用手指篤著她奸笑：「除非……妳用舌頭舐乾淨桌上留下的茶漬吧。」

「這樣……這樣……」

「舐茶漬好過舐其他東西吧？而且 VIP 房只有我。」島朱乃露出一個邪惡的眼神：「還是妳想找份新工作？永遠都不能在這些人工又高、福利又好的高級餐廳上班？」

Closer

女侍應明白她的意思，她沒得選擇，只好依照她的說話去做。她慢慢蹲下來，伸出舌頭舐著桌上的茶。

「這樣就乖了。」島朱乃撫摸著她的頭髮：「以後妳就知道，舐茶漬也沒什麼呢，總好過舐那些惡臭男人的下體。」

能說出這番說話的島朱乃，絕對是過來人。為了錢，她什麼也願意做，因為她知道世界上最可怕的是……「窮」。

此時，她的手機響起。

「怎樣了？那個人遲到嗎？我等了十五分鐘！」島朱乃對著手機說。

「他說要遲一點，妳就等一下吧。」她的經理人說：「這次的三十來歲，還年輕呢，總好過跟六七十歲的去遊山玩水。」

被包養也有經理人？當然，因為島朱乃的「事業」，是她非常專業的工作。

「知道了知道了，不說了，我先補補妝，BYE。」

用身體去換金錢，她覺得完全沒有問題，因為身體是自己的，她想怎樣用就怎麼用，什麼「身體髮膚受諸父母」，對於島朱乃來說，只是那些不思進取的人所說的話。

「舔乾淨了嗎？真乖。」島朱乃在她的Hermès手袋拿出一張卡片：「如果妳想搵更多的錢，可以來找我呢。」

女侍應含著眼淚接過卡片，上面寫著島朱乃經理人的資料，島朱乃看得出這個願意舔茶的少女，相當有潛質去舔……其他的東西。

而且她的介紹費又會增加。

侍應離開後，他的「新客」正好走進來了。

「對不起，我遲了一點。」

「沒有，呵呵，我也沒等太久。」島朱乃的樣子立即變成含春一樣。

她看著面前的男人，她……收起了笑容。

這個男人她才不會忘記，他是……白日黑！

Closer

7

十六年前，柔彩粉被殘忍地性虐待，被畫筆插入下體。她當然知道是「踩罪黨」六人的所為，不過，當時已經失血過多的她迷迷糊糊，不知道之後的施虐者是誰。

就算來到醫院，被收買的醫生已經把證據毀屍滅跡。

柔彩粉與她的家人收到可觀的金錢，最後把所有的罪名嫁禍白日黑。

柔彩粉不知道當時的施虐者是誰，所以決定把「踩罪黨」全部六人，都視為她跟白日黑的復仇對象。

纏習山看到了年輕漂亮的柔彩粉，沒有半點驚慌，反而內心非常興奮，就如將要被宰割的動物，突然送上門一樣的心情！

「很久沒見了。」纏習山溫柔地微笑說：「請坐。」

同樣的，柔彩粉沒有半分畏懼，她來得找這個毀掉她一生的仇人，她同樣的興奮。

「我們有多久沒見了？」他問。

「十六年。」柔彩粉微笑說。

「李福秀嗎？妳改了名？」纏習山看著她的資料。

「對，那事件之後，如果不改名，我根本不可能上學。」柔彩粉說：「總是被人標籤成受害者，別人愈是關心我，那痛苦回憶愈會回來。」

「痛苦回憶嗎？那為什麼今天妳又出現在我面前？」

柔彩粉誘惑地摸著自己的胸部：「還有什麼原因？你不是城中最好的整形外科醫生嗎？」

纏習山不禁露出了一個邪惡的笑容，簡單的幾句說話，他就知道這個叫李福秀的女生，已經不是從前那個八歲的小女孩。

「有眼光，我的手術是最好的，尤其是胸部整形。」纏習山說：「妳介不介意先讓我看看妳的胸部？不用怕，來得我這裡的人，我都一視同仁。」

「當然沒問題。」

柔彩粉把她的吊帶背心除下，然後是她的胸圍，露出了水滴型的胸部。

纏習山用手捉摸著胸部，他表現得鎮定，其實正在隱藏著自己內心的獸性。

「妳的乳房已經很完美了，而且很有彈性，還想整形嗎？」他問。

「有哪個女人不想自己的胸部更大？」柔彩粉說。

纏習山繼續撫摸著她的胸部，柔彩粉發出了一下嬌嗲的呻吟聲，讓他更加的興奮。

「沒問題，我一定可以讓妳非常滿意。」纏習山說：「不過，妳一點都不介意從前發生過的事嗎？」

「我不是已經改了名嗎？那個我已死了，還說什麼過去？」柔彩粉用一個誘惑的眼神看著他。

「我喜歡。」纏習山奸笑：「我最喜歡這樣看得開的女生。」

這些對話根本不像是一個整形醫生與顧客的對話，他們的心中各懷鬼胎。

男的想把女的「留為己用」，女的只想把男的「徹底摧毀」。

兩個十六年沒見的男女，互望著對方笑了。

✖ ✖ ✖ ✖ ✖

銅鑼灣高級餐廳的 VIP 房內。

另一邊廂，這裡的場面，沒有像在醫務所那麼「融洽」。

「怎……怎會是你？」島朱乃非常驚慌：「你來這裡幹嘛？」

「不就是為了妳。」白日黑看著她的大胸部。

「變態！」

島朱乃準備立即離開，白日黑一手捉住她的手臂。

「你……」

同一時間，他另一隻手，把一張巨額的支票放在她的眼前。

「要不要聽聽我的話才走？」白日黑笑說。

Closer

8

數天前，陳細豪離開後，他們繼續商討復仇計劃。

「熱身完成了，真正的報仇現在才開始。」柔彩粉說。

「你們兩個真的要直接接觸那些人嗎？」陸仁甲問。

「啊！你擔心我們嗎？」

柔彩粉從後擁抱著他，胸部觸碰到仁甲的背脊。

「不……」陸仁甲帶點尷尬：「我只是在想，其實不用跟他們接觸，也可以把他們置諸死地，為什麼你們要接觸他們？」

「因為我要他們知道，無時無刻有人在盯著他們。」白日黑說：「就如鬼一樣，陰魂不散地纏著他們。」

「我明白你們的想法了。」陸仁甲說：「我會在後方支援你們。」

「我都說仁甲最信得過！」柔彩粉摸摸他的頭。

「現在細豪繼續幫助我們，我們可以少做一點工夫。」白日黑說：「計劃不會停止。」

柔彩粉和白日黑對望了一眼，笑了。

陸仁甲看著他們，不久才把一個男人狠狠地燒死，他們卻沒有半點的感覺，甚至可以看得出，他們臉上流露著非常滿意的滿足感。

他們的笑容，看似簡單，其實卻是非常讓人心寒。

有半秒時間，陸仁甲心中出現過跟陳細豪一樣退出的想法；不過，當他想起了他們兩人過去的遭遇，他知道，就算日黑與彩粉是錯，他們也是……值得寬恕。

「三天後，真正的復仇計劃開始。」白日黑說。

……

…

.

VIP 房內。

「你……你想怎樣？」島朱乃說。

看著支票上的零，島朱乃沒有立即離開，她選擇了妥協。

白日黑把支票放到她的手上，然後把她逼到牆壁，他們的身體緊貼著。

「拿去吧，這只是上期，如果妳做得好，還會有更多的錢。」白日黑低下頭看著她：「爽身粉味，很喜歡妳的香水味呢。」

「我不會做那些 SM 的變態的行為！我……」她說。

「噓。」白日黑用手指擋著她的嘴巴：「誰說我要跟妳上床？我要妳做的，只是一些很簡單的任務。」

「任務？是……是什麼？」島朱乃抬起頭看著他。

「我要妳隨時隨地告訴我『踩罪黨』其餘五人的行蹤，還有，幫我做些『小事』。」白日黑說：「當然也不能透露跟我見過面。」

島朱乃不明白他的說話，臉上露出一個疑惑的表情。

「我要知道，除了妳，其他五個人的最新動向。」

白日黑不用說其他「五個人」是誰，島朱乃已經知道。

「為什麼你要這樣做？而且我跟他們又不是經常見面！」她說。

「妳現在有兩個選擇。」白日黑說：「一、立即告訴他們，我來過找妳，二、收下可以買十多二十個 Hermès 手袋的錢，不要多問原因，以後依我的說話去做。」

島朱乃看著自己手上的那張支票。

「你要跟多少個禿頭大叔上床才可以拿到這筆錢？」白日黑說：「妳要舔多少條又臭又噁心的東西，才可以得到這麼多錢？」

原來，白日黑在門外聽到她跟女侍應的對話。

「妳叫那個女的侍應舔茶，不就是知道錢有多重要嗎？妳看著妳兩個好姊妹，她們根本不用像妳一樣出賣肉體也有錢，妳不想像她們一樣有錢嗎？」白日黑樣子狡猾：「我沒什麼可以給妳，不過，錢的確有不少，妳願意跟我合作？」

同樣的情況，他們二人也各懷鬼胎，心中都想得到自己想要的東西，現在只是條件交換而已。

島朱乃想了一想說：「真的……真的可以拿到比這個更多的錢？」

白日黑笑了。

她這樣問，代表了，島朱乃已經給出答案了。

9

柔彩粉從整形中心出來，她打電話給白日黑。

「順利？」白日黑問。

「纏習山說給插隊預約做手術。」柔彩粉說：「兩星期後。」

「很好，我這邊都完成了。」白日黑說：「很快那個纏習山將會身敗名裂，問題是……」

「你擔心我？」柔彩粉問。

白日黑沒有回答。

「別要像仁甲跟細豪他們一樣好嗎？你知道我一點都不後悔。」柔彩粉說。

「嗯，那我們再聯絡吧。」

掛線後，柔彩粉走在大街上，她臉上掛著笑容，她愉快的心情，不是因為纏習山已經上釣，而是因為白日黑在擔心她、緊張她。

她的人生之中，除了為了她的美貌與身體的男人，根本就不會有人真心去關心她。

柔彩粉摧毀了白日黑的人生，她有很大程度，不是為了自己而報仇，而是為了一個深愛的男人而報仇。

縱使白日黑對她沒有興趣，甚至可能只是利用她也好，柔彩粉也甘心願意去做他的「棋子」。

願意為他犧牲自己，就算是被「剷開」，她也願意這樣做。

他們的計劃又是什麼？

陸仁甲駭入了整形中心的客戶資料庫，追蹤曾到過整形中心的女客戶，發現了有幾位全身麻醉的女客戶完成整形後，回去婦科診所檢查，而檢查的內容，大都是因為下體出現問題。

這不難讓人聯想到，纏習山在手術期間做了什麼不為人知的「壞事」。

纏習山不怕被發現？

他才不會怕，因為來他的整形中心的女人，都是為了保密。她們都是有名有姓的人物，如果她們公開此事，同時也公開了自己整形的事。

纏習山就是利用這手段，利用不能公開的秘密，一直在侵犯來整形的女客人。

當然，女客人也想不到表面是正人君子的纏習山，會做出如此禽獸的行為，就算真的有人想告發他，也沒有任何證據。

陸仁甲也沒法找到任何纏習山的犯罪證據，纏習山除了對客戶的保密做得很好，他對自己的保密更是滴水不流。

纏習山一直逍遙法外。

那有什麼方法可以收集他的犯罪證據？

或者，只有……身先士卒。

柔彩粉要成為纏習山的客人，然後把纏習山侵犯她的罪證拍下。

她願意犧牲自己成為纏習山的祭品。

問題是，就算她願意犧牲，到時她都會在昏迷的情況之下，而且是全裸，她根本沒法收藏任何的拍攝儀器。

她要怎樣做？

不，其實，一切也準備好了。

……

…

·

在VIP房內。

「妳第一件事要幫我做的。」日黑拿出一樣東西。

島朱乃拿過了那東西，是一個最新科技，超微型的攝錄機。

「你……你要我做什麼？」島朱乃問：「我不會做犯法的事！」

「這才不是犯法的事呢，而且是……除暴安良。」日黑笑得陰險。

島朱乃呆呆地看著他。

「我要你幫我把這個針孔攝錄機……」白日黑面目猙獰地奸笑：「放到纏習山的手術室內！」

Chapter 6

童年陰影

Childhood

童年陰影

1

你的童年過得快樂嗎？

還是應該問，你的童年充滿陰影嗎？

有不少的「黑歷史」都在童年發生，改變了孩子本來天真無邪的心靈，令他們經歷了最邪惡的人性。

內心中抹不掉的創傷一直纏繞著他們整個人生，被體罰、被毒打，甚至被侵犯，就像昨天發生一樣，腦海中不斷出現已經「回不去」的畫面。

可能有人會說：「忘記過去吧，才可以重新開始。」

問題是，你有試過被虐待後，痛得沒法下床嗎？

你有試過被人壓在床上卻不夠力氣掙扎，只能痛苦地流淚嗎？

你有試過被打到嚴重重傷，影響未來的生活嗎？

請問，要如何「重新開始」？

那個被弄傷的傷口會結疤，但一直藏在內心的傷痕卻不能完全痊癒。

社會中被稱為「不正常」的人，其實又有誰知道，他們曾經經歷過怎樣的童年？

我們卻以「正常人」的身份去批評、歧視那些滿身傷口的人，請問……

誰才是不正常？

跑馬地一所玄學辦公室。

曲玄玄正在直播自己的 YouTube 節目。她的 YT Channel 是全港前五大最多訂閱的頻道，曲玄玄經常邀請名人來做嘉賓，看掌相、說風水。

當然，最重要是吸引那些大老闆成為她的客戶，在這十年間，曲玄玄賺得盤滿缽滿。

今天直播的嘉賓，就是她的好姊妹櫻滿春。

「我都說妳會連續兩年獲得最受歡迎女歌手！」曲玄玄用手指玩弄著自己的一頭曲髮：「不是又說中了嗎？」

「最初我是沒信心的。」櫻滿春滿足地微笑，然後把手疊在曲玄玄的手背上：「都是多得妳的鼓勵呢。」

「不是我的鼓勵，是妳這麼多年來的努力，妳是應得的！」

「別說了，我想哭了啊。」

然後，她們在鏡頭前深深擁抱。

觀看數字突破新高，同時出現了很多心心訊息。

「妳們真的是姊妹情深！」

「我也想像妳們擁有這樣的友情！」

「妳們都要幸福！春春！玄玄！愛妳們！」

上萬觀看直播的觀眾留言鼓勵，當然課金支持的人也不少。

櫻滿春與曲玄玄真的如觀眾所說的姊妹情深？她們也不是經常見面，只是偶然跟「踩罪黨」的人約出來吃飯，現在她們都只不過是在表演。

虛偽的社會，從來也只會看表面。

當然，懂得利用「虛偽」的人，卻比那些真性情的人賺到更多的錢。

而且最重要是，有收視。

要說她們全是假扮的也不能這樣說，因為她們的確是好姊妹，她們都有著共同興趣，把他人踐踏在地上的興趣。

「玄玄，妳的粉絲送來了禮物。」曲玄玄的助手走到她們身邊說：「說是給妳跟滿春兩姊妹的禮物。」

助手把一個鞋盒一樣大小的盒子交給她，盒子用粉紅色花紙包著。

「好，拿過來吧！」她看著櫻滿春：「不如我們一起直播拆禮物好嗎？」

「好！」櫻滿春高與地說：「不知道是什麼？」

「大家也估一下，是什麼禮物？」曲玄玄看著鏡頭說。

跟觀眾互動，也是身為 YouTuber 非常重要的技巧。

她們二人一起把花紙拆開，然後打開那個盒子……

「呀！！！」櫻滿春大叫。

盒子被打翻在地上，盒中的東西掉了出來，連同血水濺滿一地！

盒中是一隻……**沒有頭的老鼠！**

2

十五年前。

白日黑入獄的第一年，美術學院舉辦了一場兒童美術教學的活動，美術學院的學生，要到不同的特殊學校去做探訪。

櫻滿春與曲玄玄被安排到訪葵青區一所中度弱智兒童學校。

她們當然不想去，不過，參加活動是學生畢業的指定項目，她們也只能參與。

在探訪途中，她們二人走到學校後方的草地抽煙。

「弱智不知道是什麼感覺的？」曲玄玄扮作抽搐地說：「是不是這樣！」

「哈哈！妳扮得很像！」櫻滿春吐出了煙圈：「玄玄妳根本就是弱智！」

此時，一個校內一年級的女學生經過，看到她們在抽煙，櫻滿春立即掉下了煙頭。

女學生很驚慌，想立即逃走。

「等等！」櫻滿春叫停了她：「妳不會是想去跟老師說我們抽煙吧？」

童年陰影

只有六歲的女學生不斷地搖頭。

「哈哈！她是弱智的，跟老師說也不會相信她！」曲玄玄走向了她。

「我……我不會……不會告訴老師……」女學生看著兩個大姐姐非常緊張。

「那妳就證明給我看！」

曲玄玄看著草叢旁邊，有一隻快要死掉的老鼠，她完全不怕，把那隻老鼠一手捉起！

「把牠的頭咬下來！我就相信妳了！」邪惡的眼神出現在她的臉上。

「好啊！吃老鼠！吃老鼠！」櫻滿春在一旁助興：「快拿著！」

中度弱智的女學生接過那隻奄奄一息的老鼠。

曲玄玄用女學生的校服，抹走手上污漬。

女學生非常害怕，她看著手中的老鼠，她感受到老鼠的體溫，還有沉重的呼吸！

「快吃！」曲玄玄兇相盡露。

女學生留下了眼淚，然後一口……

「撕！！」

一個小學生不可能一口就咬斷老鼠頭，老鼠頭還未斷開，她只能用力扯！

老鼠發出了一下淒厲的慘叫！

整個老鼠頭終於被她咬斷！

血水跟不知道什麼的內臟從老鼠身上流出，牠的身體還有反射動作在震抖！

她們的欺凌完結了嗎？

不，還未。

女學生含著那個腐爛的老鼠頭……

曲玄玄溫柔地拍拍她的頭：「把它……吞下去！」

……

…

.

Childhood

場面一片混亂，直播也被迫中斷，在場的人估計是某些瘋狂的 Hater 送來了沒有頭的老鼠，只有櫻滿春與曲玄玄聯想到十多年前發生過的事。

玄學辦公室內。

助手用手機拍著沒頭的死老鼠，想交給警方作為證據。

「妳還在拍？！」曲玄玄對著她生氣地說：「妳沒見過死老鼠嗎？」

「不，只是……」

助手還沒說完，曲玄玄一巴掌打在她的臉上：「快清理掉它！」

「玄玄。」櫻滿春叫著她的名字。

「跟我來。」曲玄玄心知肚明。

她們來到了一間抽煙的房間，曲玄玄點起了香煙。

煙圈升上了天花，消失於半空。

良久，她們終於說話。

「妳記得當時……」櫻滿春說。

「當然記得，不過……也許只是巧合。」曲玄玄說。

突然，房間的大門打開。

「玄玄！有……有新視頻……」助手驚慌地說。

「什麼視頻？」曲玄玄生氣地說。

「有人放出了有關死老鼠的影片！」

然後助手給她們看著平板電腦，畫面中出現了一個黑影，還有……無頭老鼠的相片！

「喜歡我給妳們的驚喜嗎？」黑影的聲音經過處理。

她們兩個人都呆了。

「別要以為沒有人知道，我最清楚妳們的……黑、歷、史！」

視頻的畫面消失。

櫻滿春和曲玄玄，呆呆地看著黑屏畫面。

Chapter 6

童年陰影

—Childhood—

童年陰影

她們心中也在猜測……是誰的所為？

是誰知道了她們的過去？她們的黑歷史？！

3

一所精神病院內。

在後花園，白日黑正跟一個二十歲左右的女生對話。

女生沒法控制自己，頭部不斷在輕微搖動。

「妳媽媽已經把妳的事告訴我了。」白日黑說。

這個年輕的女生，就是十五年前被迫吃老鼠頭的女學生，那次事件以後，她的精神狀況更差，最後變成了嚴重的精神病。

她瞪大雙眼看著地上的雜草，身體的搖動沒有停止過。

「放心，我一定會幫妳討回公道。」白日黑說：「不會再有人迫妳吃噁心的東西。」

女生突然看著他，用力捉住白日黑的手臂！力道大得抓出了幾道指甲痕！

白日黑沒有縮開手，他把她的頭依靠在自己的肩膊上。

她在哭泣，沒有發出任何聲音的哭聲，是最痛苦的，淚水一直流到白日黑的背上。

白日黑明白女生的痛苦，同時，讓他報仇的心態更加堅定。

女生的童年陰影影響了她一生，別要說她為什麼拒絕治療、為什麼不自強不息，因為有些過去，根本就不可能忘記與接受。

不然，你也試試吃一隻還未死去的老鼠頭看看。

也許比吃人肉更可怕。

白日黑的手機響起。

「視頻已經上載，一小時就已經有二十萬 VIEW，她們那些忠粉咒罵我們罵得狗血淋頭，嘰嘰。」陸仁甲笑說：「放心，不會有人知道是我放出視頻，加密了沒法追蹤。」

「真想看看她們現在的樣子。」白日黑視線看著那個女生。

欺凌別人的人都活得好好的，被欺凌的卻要住在精神病院，世界根本就沒有公平。

「現在已經直接與間接接觸了櫻滿春、曲玄玄、纏習山和島朱乃。」陸仁甲說著：「最後兩個人……」

「不，是三個。」白日黑說。

「三個？你報復的對象，不只是他們『踩罪黨』六個人？」

白日黑沒有回答他，因為那個「她」，只是他一個人想報仇。

那個人就是他的初戀，一生中唯一一個女朋友。

現在，她已經成為了鄧鏡夜的太太。

她是……泉巡音。

……

……

…

淺水灣高尚住宅區。

「美秀，今天爸爸下午才開會，早上有點時間，可以送妳回幼稚園。」鄧鏡夜拍拍女兒的頭。

鄧美秀，今年四歲。

「太好了！爸爸我愛你啊！」鄧美秀親在父親的臉上。

身為人父，沒有比女兒錫自己更快樂，鄧美秀是他們家中的寶貝。每一對父母，都想把最好的送給自己的兒女，無論本人是如何大奸大惡，對著自己的骨肉，都會變成慈祥的父母。

「今晚我親自下廚，早點回來吃飯。」泉巡音也吻在他的臉上。

「沒問題。」鄧鏡夜笑說：「好了，我們快去上學，不然遲到了！」

「好！」

一對幸福的父女離開，只餘下泉巡音與他們的工人。

「阿香，下午陪我到街市買餸，我想做湘菜給鏡夜。」她對著工人說。

「好的，太太妳出門時就叫我吧。」工人阿香說。

此時，他們家中的電話響起，除了是一些廣告與騷擾電話，已經很少人會打去家居電話。

工人接聽後把電話交給泉巡音。

「太太，好像是找妳的。」阿香說：「他說找泉巡音。」

她皺起眉頭，是誰知道她的名字，而且不打手機，卻打去她的家居電話？

「請問是誰？」她接聽電話。

對方沒有出聲，只有深沉的呼吸聲。

「請問……」

泉巡音想追問，那個人卻開始說話。

一把經過處理的聲音說話。

「你女兒有童年陰影嗎？」

4

九龍塘一所私人住宅。

看似是住宅，卻每晚都舉行私人派對，美女如雲，很多達官貴人都是這裡的常客。

派對的主人就是……茅燦柴。

從美術學院畢業後，他把「藝術」兩個字用在另一處地方。茅燦柴開辦了AV網上色情網站，用藝術來包裝性愛。

世界上有千千萬萬個色情網站，他又如何突圍而出，成為全亞洲五大色情網頁？

因為他推出了一個名為「報復上載性愛影片」的計劃。

只要提供跟前度拍過的性愛影片，可獲得可觀的獎金，還可以向拋棄自己的人來一次「毀滅性」報復。

計劃一出，無數的賤男蜂擁而至提供性愛影片，當然男主角會打格，而女主角卻玉帛相見。

這個計劃成功的地方在於，看色情片的人已經看厭了AV女優，大家都知道她們只是在拍戲，而這些真實的色情片，能讓觀看的人得到更多的快感。

茅燦柴的「事業」是全球性的，他們的產業鏈一年可以有上億的收入，他利用了人類的獸性去賺個盤滿缽滿。

在韓國、日本，他們的計劃曾導致多名前度受害女性因蒙羞而自殺身亡，不過只要他找幾個替死鬼頂罪，很快就可以擺平事件。

「誰叫那些女生這麼蠢跟男友拍片？根本就是她們咎由自取！」

這就是茅燦柴的想法，他一點內疚也沒有。他只覺得，那些受害者跟自己沒有任何關係，被看的女生與死去的女生，都只不過是別人的女兒而已。

除了色情網站事業，他還開辦賣淫集團，就如現在的私人派對，名義上是派對，實質是在揀選美女為客人「服務」。

豪華房間內。

「茅哥，今晚蕭公子想要一個未成年的。」一個中年女人走了進來。

「菲菲呢？」茅燦柴吐出了煙圈。

「菲菲跟幾個姊妹去了旅行。」

「真麻煩，那個賤人蕭公子願意出幾多錢？」他問。

「二十萬。」

茅燦柴笑了：「媽的，正賤人，有錢就是任性！等我一會，我會找到一個比菲菲年紀更少的，嘰嘰。」

「好的，老闆。」茅燦柴抹去鼻下的白色粉末：「去你的，我就叫我最愛的珠珠……」

就在他要打出電話時，一個沒有來電顯示的電話打來。

「吃屎吧！我不需要借錢，我有錢到一皇十二后都可以！BYE！」

未等對方說話，他已經知道是那些借錢的電話。

「茅燦柴。」

他有些錯愕：「誰？」

現在的人不是叫他茅哥，就是叫他老闆，一個不認識的陌生電話怎會知道他的全名？

「很久不見了，最近生意好嗎？」一把女生的聲音。

「我問妳是誰？怎知道我的全名？」他生氣地說。

「我也認不出來嗎？」

「再不說我掛線！八婆！」

然後，她說出了一個名字……

「**華紫涵**。」

茅燦柴大叫，嚇得把手機掉在地上！

外面的保安員聽到大叫，立即衝進來：「老闆發生了什麼事？」

茅燦柴好像嗨大了一樣，指著地上的手機……

「有鬼！鬼呀！」

華紫涵是誰？為什麼聽到這個名字他會這麼大反應？

華紫涵是一個十五歲的女學生，不過已經是五年前的事，她現在……也是十五歲。

她是一個被茅燦柴姦殺的女學生。

Childhood

5

九龍塘國際望德幼稚園。

一個男老師把一個中班的小女孩帶到幼稚園操場旁的草叢，四野無人。

這個女孩就是鄧鏡夜與泉巡音的女兒鄧美秀。

而這個男老師，就是在學校門前跟白日黑碰面那一位。

「美秀同學，妳相不相信老師？」

「相信！」鄧美秀吃著老師給她的珍寶珠：「謝謝老師給糖我吃！很好吃！」

「真乖，果然是妳爸媽的好寶貝。」男老師囈語般低聲碎唸：「不過，我最討厭那些有錢人的孩子！」

「老師說什麼？」

「沒！哈哈！沒什麼！」男老師說：「美秀，妳吃了我的糖，現在幫老師做些事可以嗎？」

「可以！美秀是乖孩子！」她可愛地說。

「不過，跟從前一樣，不可以告訴其他人，這是美秀與老師的秘密。」他說。

她點點頭：「不會告訴其他人！」

鄧美秀伸出手指，跟老師勾勾手指尾。

「美秀真的是世界上最乖的孩子，嘰嘰。」然後老師把褲鏈拉開，輕輕捉著鄧美秀的手：「美秀，上次我來摸妳，現在到妳來摸我，可以嗎？」

「可以啊！」

這個男老師看上去年輕有為，根本沒有人想到他會如此對待自己的學生。

他非常仇富，父親曾因欠下某富商巨款，最後自殺身亡。現在他對鄧美秀所做的事，就好像跟那些有財有勢的人報復一樣！

鄧美秀的小手伸入了他的褲內，老師發出了一下呻吟的聲音。

「很好……美秀繼續摸，繼續摸……」

當天他說白日黑是變態的男人，現在誰才是最變態？

就在他正享受著無比的快感時，他的手機響起。

「美秀等等！」他做了一個安靜的手勢：「別出聲！」

他接聽了電話，是校長秘書的來電。

「張田馬老師，校長現在想見你。」她簡單一句。

「是什麼事？」他問。

「我也不知道，總之他要現在見你。」

「好的，現在來。」他掛線後看著美秀：「媽的！真不合時！」

鄧美秀當然不知道他說什麼「媽的」，只是吃著珍寶珠。

男老師叫鄧美秀先回到班房，他再次叮囑她剛才的事是老師與美秀的「秘密」，不能告訴任何人。

很快，他來到了校長室。

張田馬驚駭不已，心中想：「為什麼她會出現在校長室？」

她是泉巡音！鄧美秀的母親！

「校長……有事找我嗎？」男老師心中有鬼。

「有人打電話去鄧太家，說我們學校有位男老師對女孩做出不當的行為。」校長嚴肅地說：「那個人指名道姓是你，張田馬老師。」

「什麼？」張田馬表情驚慌：「怎可能是我？我一向都……」

「你有沒有對美秀做出什麼不軌的行為？」校長質問。

泉巡音正看著他。

「當然沒有！我怎會這樣做？」

此時，校長門再次打開，另一位女老師把鄧美秀帶到校長室。

張田馬非常驚慌！

「媽媽！」鄧美秀看到泉巡音，立即跑到媽媽身邊：「媽媽為什麼來學校？」

泉巡音微笑說：「媽媽掛念妳啊，就來看看妳。」

「鄧美秀同學。」校長走到她的面前，溫柔地問：「校長想知道，老師有沒有叫你做什麼奇怪的事？」

鄧美秀看著張田馬……

張田馬的心臟快要跳出來！

6

「沒有。」鄧美秀搖搖頭說。

「鄧美秀不用怕，校長與媽媽都在，你可以放心說。」校長說。

然後鄧美秀抱著媽媽：「沒有，老師沒有做奇怪的事。」

泉巡音跟校長對望了一眼。

「你們的指控是非常嚴重！」張田馬知道鄧美秀沒有說出來，理直氣壯地說：「而且只是一個不知名的電話就當我有問題！」

「張老師對不起，也許只是惡作劇。」校長說：「你先出去，我有說話想跟鄧太說。」

張田馬離開了校長室，離開前他看了鄧美秀一眼。

泉巡音跟女兒說了幾句後，女老師也把鄧美秀帶回課室。

「鄧太，我覺得可能出了什麼誤會。」校長說：「張老師一直也是一位很好的老師。」

「但為什麼會有人打電話去我家……」泉巡音皺起眉頭。

Childhood

「請放心，我們都是區內最有名的幼稚園，而且師生也是……」

校長不斷在讚揚幼稚園的校風，根本就沒再理會泉巡音所擔心的事。

同時，泉巡音也沒把校長的說話聽入耳，她只在想，如果是惡作劇，為什麼會知道她家的電話，還有指明是張田馬老師？

她看著校長辦公桌上的獎盃，沉思著當中的原因。

……

……

同一時間，有一個人來到了幼稚園操場旁的草叢，他是白日黑。

他從石壆旁邊拿走了一樣東西，是一台針孔攝影機。

他把剛才張田馬所做的一切都錄下來了。

白日黑看到鄧美秀的遭遇，不阻止張田馬？不出手去救她？

不，他才不會這樣做。

因為這個小女孩是……仇人的孩子。

而且是自己曾經最深愛的女人跟別人生的孩子。

為了報仇，白日黑才不會破壞自己的計劃。

就在他準備離開之時，泉巡音從幼稚園的校門出來，白日黑十六年來，再一次親眼看到她。

當年，泉巡音只有最初來探監一兩次，之後她再沒有出現過。後來日黑在報紙中看到泉巡音嫁入豪門的消息，而他的丈夫就是毀了他一生的鄧鏡夜。

他當時完全沒法接受，痛苦得死去活來。

日黑再次看到泉巡音，她依然很漂亮，比當年還加添了幾分成熟的氣質。

他躲在牆後一動也不動，拳頭緊緊地握著。

當年泉巡音背叛了他，而且還跟摧毀他一生的男人結婚生子……

白日黑非常的憤怒！

泉巡音走向私家車，司機為她打開車門，然後離開幼稚園。

Childhood

白日黑看著手上那台針孔攝影機，他……笑了。

如地獄使者一般笑了！

他發誓，絕對要毀了他們一家！

……

……

……

整形中心內。

同一款的針孔攝影機出現在另一個人的手中。

她是……島朱乃。

「妳真的以為我是九流的整形醫生嗎？」纏習山檢查她的胸部：「我看沒什麼問題。」

「不！我覺得好像向左邊歪了一點，你幫我看看吧！」島朱乃說。

「好吧。」纏習山奸笑：「是哪個男人把它弄歪了？嘰嘰，也太不憐香惜玉了。」

「別亂說！」島朱乃說：「才沒有呢。」

今天，她找了個藉口，來到了纏習山的整形中心，她要完成白日黑給她的「任務」。

她要把針孔攝影機放到纏習山的手術室，白日黑就可以得到纏習山侵犯客人的證據！

一個「變態」男人的犯罪證據！

7

九龍塘私人住宅。

客人與妓女都走光了，只餘下茅燦柴一個人在大廳喝著悶酒，他大口大口喝著。

「媽的！是誰？是誰玩這惡作劇？」

他用力把酒杯丟在牆上，玻璃杯碎裂，紅酒像血一樣濺在牆上。

那個電話是由一個叫華紫涵的女生打來，不過問題是，華紫涵已經在五年前死去，那把女聲絕對不會是華紫涵！

「不會！」茅燦柴半醉半醒大叫。

知道他殺死華紫涵的人少之又少，而且都是他信任的人，他完全想不到會是誰的惡作劇。

但如果不是惡作劇，真的是她的……**鬼魂**呢？

「對不起……對不起……別來找我……我也只是不小心殺了妳……」

茅燦柴突然收起了怒火，向著空氣苦苦哀求，快要哭出來了。他的情緒大起大落，絕對是因為吸毒的影響。

他是一個非常相信鬼神的人，經常求神問卜，什麼四面佛、車公、黃大仙、觀音，他也全部相信，而且每年都會還神，保佑他的色情事業一帆風順。

他的事業的確是愈做愈大，讓他對鬼神更加深信不疑。

做盡壞事卻勤添香油，會得到所謂「神」的保佑？原來不只是人類的社會沒有公平，就連「神」的領域，也沒有公平。

所以，白日黑才會親自出手報仇。

突然茅燦柴的手機再次響起！

「呀！」他被嚇得大叫。

這次不是沒有來電顯示，而是一個陌生的來電。

茅燦柴按下接聽：「是……是誰？」

電話傳來了喃嘸佬的聲音，還有……破地獄的音樂，茅燦柴怕得整個人也瑟縮一團！

突然有人在電話中說話！

「誰？」一把男人聲。

「你……你是誰？！」

「我們是世界殯儀館的職員，剛才我看到有人把這個電話放下來，是你的朋友？」

「世界……殯儀館？」茅燦柴口也在震：「是……誰？」

「我問你，你又問我？」電話中的男人說：「好像是一個……穿著校服的女生。」

聽到是「穿著校服的女生」，茅燦柴立即把手機掉走！

因為當時死去的華紫涵，就是穿著校服！

「別要來找我……別要來找我……別要來找我……」

那個把手機留在殯儀館的女生是誰？

真的是華紫涵回來找他的鬼魂嗎？

……

……

世界殯儀館門外。

剛才那個穿著校服打出電話，然後留下手機被人發現的，就是她，柔彩粉。

「嘻，我也很久沒穿校服了。」她說。

「完成了嗎？」白日黑問。

「我想那個茅燦柴一定嚇死了！」柔彩粉邊走邊說。

「別要這麼快死，我們還未報仇。」白日黑轉移話題：「我已經到了。」

「為了報仇，我們真的很忙呢。」

「忙也是值得的，不是嗎？」白日黑說：「今晚見。」

「再見。」

掛線後，白日黑的電話又再響起，是陳細豪。

「我完成了。」陳細豪說：「我好像蠻適合做速遞員，嘻！」

「做一個沒有工資的速遞員嗎？」

白日黑說的是細豪放下的支票。

「有些事，也許比金錢更有意義。」他說。

當天細豪放下了支票，代表了他不是為了錢而替日黑工作。

當然，報仇計劃完成後，日黑絕對不會虧待他。

陳細豪把事情交代完後掛線，白日黑走下了車，從露天停車場離開。

他身處鯉魚門三家村附近，在一間破屋停了下來。

沒等他敲門，一個老人家已經打開了大門。

一個半邊臉毀容的老女人打開了大門，在這昏暗的環境看到她，讓人有一份心寒的感覺。

「珍姐，妳好。」白日黑說。

8

晚上，鄧氏貿易大樓。

這棟大樓全棟都屬鄧鏡夜家族所有，他們經營出入口貿易、運輸、電商等等不同的業務，是亞洲其中一間最大規模的企業。

「親愛的，現在我要見日本來的重要人物，今晚回來再跟妳說。」鄧鏡夜接過泉巡音的電話。

泉巡音已跟他說了今天在學校發生的事，鄧鏡夜當然擔心自己的女兒，不過，現在要見的是東京貿易株式會社的副總裁，是上十億的生意，他不能有所怠慢。

「鄧生，岸本五十郎先生已經到了會客室。」他的男秘書說。

「準備他最愛喝的日本茶，我很快就會到。」鄧鏡夜說：「對，還有晚上的餘興節目呢？」

「放心鄧生，都已經安排好了，都是一些過氣女明星，質素很好。」秘書奸笑：「是茅生介紹的。」

「嘿，茅燦柴嗎？我相信他的眼光。」

他們所說的「餘興節目」明眼人也知道是什麼。

就在鄧鏡夜準備離開經理房走進會客室時，他看見桌上有一個信封，本來一個白信封他才不會在意，不過在信封上寫著一個日期。

「1999年3月8日」。

鄧鏡夜整個人也僵住了。

「是誰送來的？」

「一個速遞員。」秘書說：「已經檢查了信封沒問題。」

「什麼沒問題？！」鄧鏡夜突然變得非常生氣。

只是一個白信封，秘書完全不明白他在氣什麼。

「把會議推遲，我有些事情要做！」鄧鏡夜說。

「但……」

「你、沒、聽、我、說、嗎？」

鄧鏡夜的眼神非常恐怖，秘書被他嚇到退後了半步。

「是……是的，鄧生。」

一個這麼重要的會議，鄧鏡夜竟然推遲？究竟這個信封上的日子有什麼特別？

有什麼能讓權傾天下的鄧鏡夜這麼憤怒與恐慌？

……

…

·

破屋內。

白日黑坐在一張快要碎裂的木凳上。

「珍姐，不用等太久，你會收到好消息。」白日黑說。

「別要等我死了才說！」珍姐年事已高，卻中氣十足，她放下透明的茶杯。

白日黑拿出一個放滿現金的公文袋：「這些是給妳買東西吃的。」

「你當我是什麼？」珍姐拍桌說：「我是為了錢的嗎？」

Childhood

「我知道，這只是我跟彩粉的一點心意。」

「彩粉最近怎樣了？」珍姐問。

「很好，我們的計劃已經開始了。」白日黑把手機遞給她看。

手機上是泉巡音在 IG 放出一家快樂的相片。

「正仆街！」珍姐看到相片非常憤怒：「殺人放火金腰帶，修橋補路無屍骸！」

「不，改了。」白日黑說：「殺人放火不再是金腰帶，殺人放火是要還債。」

「哈哈！好！」珍姐笑起來樣子很恐怖。

不過，白日黑一直也看著她毀容的半邊臉，珍姐的笑聲一點都不快樂，反而是充滿了……仇恨。

她突然捉住白日黑的手：「黑仔，我要那個仆街仔身敗名裂，永不超生！」

她所說的「仆街仔」，就是……鄧鏡夜。

一個珍姐曾經稱呼他做少爺的人。

二十多年前，珍姐曾經是鄧家的工人。

Childhood

9

1999年。

九龍塘一所大宅，門牌寫著「鄧宅」。

這一年，鄧家迎來了喜訊，大仔出生的七年後，二仔於冬天出生。

或者，如果相信投胎的話，這個剛出世不久的孩子，一定是上世做了什麼好事，沒有比含著「金鎖匙」出生更幸福了。

可惜，一切的「幸福」都沒有發生。

大宅的保安室內。

「家姐，這花膠真好吃！」保安員說。

「當然！是鄧太用來補身的！她太多吃不完，所以給我了。」她說。

「做有錢人真好！」他哼著歌：「唉，冥冥中早注定你富或貧～」

「其實，我們兩姊弟能夠來到鄧宅工作已經很有福了。」她說：「至少，鄧生鄧太也對我們不錯。」

「的確是！」

保安員跟女工是姊弟關係，他們已經在鄧宅工作多年，弟弟叫桃二弟，而家姐就是人稱的珍姐的桃大珍。

十多二十年來一切安然無恙，不過在這天，他們的人生將會改變。

1999年3月8日。

「姐……妳看……」桃二弟指著保安室的螢光幕。

「有什麼好看？」桃大珍看著。

畫面中，一個七歲的男孩走進了嬰兒房。今天男女主人有事忙，把他們的二仔留在嬰兒房，剛好照顧嬰兒的工人不在，去了洗滌嬰兒的衣物。

「為什麼……大少會去嬰兒房？」

他們一直在看著螢光幕，意想不到的事情發生！

那個七歲的男孩用一個枕頭放在嬰兒的臉上，然後……用力地向下壓！

「怎……怎會？！」桃二弟大驚。

「不行！這樣他會死的！」

桃大珍二話不說，立即衝向嬰兒房！她不知道大少為什麼要這樣做，她只知道要阻止他！

她很快已經來到了嬰兒房！

可惜已經太遲！

嬰兒已經被弄到窒息而死！

「大少你……你……」

他慢慢地回頭看著珍姐，珍姐一生都不會忘記他那個邪惡的眼神！

一個只有七歲小孩的邪惡眼神！

「他死了。」他冷冷地說，然後看了一眼嬰兒房上的閉路電視：「別要告訴其他人，妳當什麼也不知道。」

「為……為什麼……」

「他只是反身睡時窒息，自己殺死了自己。」他走向了珍姐：「只是……意外。」

他從珍姐身邊經過，珍姐全身乏力坐到地上。

然後這個只有七歲的男孩走到了保安室，他跟桃二弟說：「刪除3月8日的所有畫面。」

桃二弟吞下了口水，他會聽男孩的說話嗎？

他是鄧家的大少，他又怎能不聽？

而且男孩非常聰明，他不只是要刪除嬰兒房的畫面，他要桃二弟刪除全個鄧宅的畫面，然後當是機器故障，沒有把當天的畫面拍下。

的確曾經發生過類似的機器故障，只不過當時什麼事也沒發生。

「是……沒……沒問題……」

桃二弟看著他那個邪惡的眼神……

他從來也沒在一個小孩身上，看過這種可怕的眼神！

Childhood

沒有人知道大少為什麼要殺死自己的親弟，不過，可以肯定的，這麼多年來，他完全沒有後悔當天所做的事！

這位大少，就是……鄧鏡夜！

10

破屋內。

「你一定要幫桃二弟報仇！」珍姐把一樣東西交給白日黑。

白日黑前來的原因，就是要拿走這東西。

那天以後，珍姐與桃二弟沒有說出半句真相，而二少也被判定為意外窒息致死。

他們兩姊弟以為不會再有事發生，可惜，鄧鏡夜才不會放過他們，在他十歲時，桃二弟死在自己的工人房中。

死因是濫用藥物致死，當然，珍姐知道自己的親弟根本就沒有吸毒的習慣，他一定是被人害死，而要他死去的人，一定就是鄧鏡夜！

「當時，我知道再留在鄧家可能有生命危險，我決定離開！」珍姐緊握拳頭。

「妳的選擇是對的。」白日黑說。

珍姐離開後，起初經常有人跟蹤她；直至有一天，她被人用鏹水灑面，讓她半邊臉毀容，珍姐知道，鄧鏡夜根本就沒放過她！

後來，她決定搬到渺無人煙的破屋，改名換姓，手機號碼也取消，鄧家的人再沒法找到她，這廿多年來才得以平安無事。

「我一個女人仔根本就沒法替我弟報仇。」珍姐把手疊在白日黑的手背上：「黑仔，你要幫我！二弟在天有靈一定會保護你！」

白日黑根本不相信什麼在天有靈，不過，他還是溫柔地點頭。

「放心，鄧鏡夜絕對走不掉的。」白日黑說。

「我要他身敗名裂，不得好死！」

究竟珍姐有什麼「東西」，可以讓鄧鏡夜身敗名裂、不得好死？

就是白日黑手上的「證據」。

當天桃二弟在刪除畫面前，已經把嬰兒房的影片燒錄到一張光碟之中，而且交到珍姐的手裡！

這就是鄧鏡夜親手殺死自己弟弟的證據！

當年，珍姐本想把光碟交給警方，不過她知道，根本就沒有用，他們鄧家在香港可以說是隻手遮天，而且認識很多警方的高層，她知道交給警方也是徒然。

她沒想到，二十多年後，白日黑竟然找上了她，同樣也是為了「報仇」。

日黑為了讓珍姐信任，他也把自己跟柔彩粉的事告訴了珍姐。

珍姐覺得這就是天意，同時她覺得……

鄧鏡夜的時辰已到！

白日黑交代了他的計劃後，離開了。

臨走前他跟珍姐擁抱。

「珍姐，這麼多年的委屈，我一定會幫妳和妳弟算清。」

珍姐抹去眼淚，點頭說再見。

白日黑回到車上，他看著手中的光碟。

童年陰影嗎？

或者，不是每個人都有童年陰影，有些人的童年非常快樂，有大屋、有工人、有錢，應有盡有，甚至殺人都可以為所欲為。

不過，時辰的確會到的，他心想。

「桃二弟，保佑我吧。」白日黑看著沒星的夜空說。

然後開車離開。

……

…

.

鄧氏貿易大樓。

鄧鏡夜把所有會議取消，一個人留在CEO房內。

他打開了那個寫著「1999年3月8日」的信封。

信封內放著一張可愛的嬰兒相片，背景是一間色彩繽紛的嬰兒房，當然不是那時的嬰兒房，不過足以令鄧鏡夜聯想到當天發生的事。

他認真地想了想，立即打出一個電話。

「鄧少！這麼久沒找我啊！哈哈！有什麼事？」一把沙啞的聲音。

沙啞聲男人，就是當年鄧鏡夜吩咐他去跟蹤珍姐的人。

「當年那個沒找到的女人……」鄧鏡夜把相片撕掉：「用盡任何方法也要把她找出來。」

「都有十多二十年了……好吧。」男人問：「找到她後交給你？還是……」

鄧鏡夜只說出一個字。

「**殺**。」

11

「每個人都有屬於自己的……黑歷史。」

包括了那些摧毀白日黑與柔彩粉一生的人。

如果那些黑歷史是發生在童年，就會成為了每個人的「童年陰影」。

誰也不想再提及自己的童年陰影，包括了……「踩罪黨」的六個人。

……

……

．

中半山豪宅。

白日黑、陸仁甲、柔彩粉與陳細豪在討論著。

「你們要接觸的都接觸了，計劃的第一步已經完成。」仁甲說：「他們那班人渣一定寢食難安，哈！」

櫻滿春與曲玄玄，十五年前強迫女學生吃老鼠頭。

島朱乃從小就被老闆包養，現在已經被白日黑收買。

茅燦柴在五年前姦殺只有十五歲的華紫涵。

纏習山在自己的手術室內侵犯來做整形的女生。

鄧鏡夜在二十五年前殺死了還是嬰兒的親弟。

泉巡音與鄧鏡夜的女兒鄧美秀，被老師性侵犯。

通通都是他們的「黑歷史」。

「其實你們是怎樣得到這些資料？」細豪看著像電話簿一樣厚的文件：「這班人真的是瘋了！」

「出獄的這五年來，你真的以為我只在你安排的地方工作嗎？」日黑說：「我用了很多時間去準備我的計劃。」

Childhood

「怪不得你沒有一份工作做得長！」細豪說。

「還有，別忘記日黑還未出獄前，我已經跟彩粉在準備，蒐集他們的黑歷史。」仁甲說。

「世界上，只要擁有兩樣東西，就不會有真正的『秘密』。」日黑說。

「是什麼？」細豪問。

「仇恨與……金錢。」

所有他們得到的情報，不是從「仇恨」得來，就是用「金錢」換來。

「這只是他們小數不為人知的黑歷史。」彩粉看著她手上的資料：「可能有些我們也沒有調查得到呢。」

「根據現在我們手上的資料，根本就可以給他們其中幾個人定罪！」細豪說。

「這麼便宜了他們？」彩粉說。

對於他們來說，這些人渣的下場應該要更慘才稱得上是「報仇」。

細豪知道，原來一直以來不只是日黑與彩粉是受害者，還有很多其他的受害者。他們兩人除了是幫自己報仇，現在更像是……「替天行道」。

「第一個要對付的人……纏習山。」日黑看著一個螢光幕。

幕光螢的畫面就是纏習山的手術室，島朱乃已經成功把針孔攝錄機放到一個沒人會發現的位置。

「下星期。」彩粉指著畫面：「我跟纏習山的約會。」

彩粉已經預約好豐胸手術，他們知道纏習山一定會向彩粉下手，到時就可以拍下他的變態證據！

彩粉為了報仇，願意赤裸裸地犧牲自己。

「妳放心，我們就在整形中心附近，收集了證據，會立即來救妳。」日黑說。

「我當然相信你！不然我可能會被劏開啊！」彩粉從後擁抱著日黑：「你一定會像從前一樣救我，對嗎？」

白日黑沒有回答她，只是給她一個溫柔的笑容。

「放心吧！」仁甲說：「有我們在！」

Childhood

「雖然我覺得這樣很危險，不過……」細豪說：「應該沒問題的！」

他們四人對望了一眼，心中都出現了一份信任的感覺。

第二步計劃，開始了。

Chapter 7

第二步

Step Two

第二步

1

一星期後。

彩粉來到了纏習山的整形中心。

「心情緊張嗎？」纏習山笑說：「不用怕，整個手術只需要一百二十分鐘，而且是睡眠麻醉，妳醒來之後根本不知道發生過什麼事。」

不知道他是變態醫生的話，這番說話的確讓人安心；不過，知道他是一個怎樣的人後，就會覺得非常噁心。

根本不知道發生過什麼事？

更深層的意思是：「這兩個小時，妳將會被我……為所欲為！」

「我哪有緊張？」彩粉微笑：「不過，醒來後不會痛的嗎？我很怕痛呢。」

「只有一點痛楚，手術後七至十天就可以拆線，只需要兩星期左右就可以恢復了。」纏習山的手摸著彩粉的胸部：「到時，妳一定很滿意這次的手術。」

「那就好了！」

講解一輪流程後，纏習山把彩粉帶到自己的手術室，彩粉脫下了上衣，赤裸地躺在手術床上。

「妳的身型已經很完美了，如果不是妳想要更豐滿，我會建議你不用做。」纏習山說。

「那有女人不想自己的身材更好？」

纏習山的雙手在彩粉的胸部按摩，彩粉發出了呻吟的聲音。

他的獸性更旺盛！

「來吧，吸了麻醉藥，手術就開始了。」纏習山替她戴上氧氣罩。

彩粉吸著氣體，漸漸昏迷，很快，她的意識開始模糊……

她合上了眼睛，很靜，她只聽到儀器發出的聲音……

在彩粉的腦海中，出現了白日黑的樣子……

她知道，日黑一定會來救她的……

就像她八歲那年一樣，他會想方法拯救自己。

此時，纏習山在她的耳邊說了一句說話。

「！！！」

彩粉想睜開眼睛，卻已經沒辦法做到……

……

…

．

同一時間，仁甲與細豪在整形中心附近的咖啡店等待。

「我們快行動吧！」細豪站了起來。

他們非常緊張，因為他們都知道，遲了的話彩粉會非常危險！

仁甲看著手機上的畫面，彩粉已經完全昏迷，纏習山的手開始在她赤裸的身體上游走……

「奇怪，沒辦法聯絡整形中心的護士！」仁甲打不通電話。

「什麼？沒聯絡得上？」細豪緊張地問。

他們知道纏習山的變態癖好，是因為早已收買了整形中心的一個護士。

「仇恨」與「金錢」讓世界上沒有真正的秘密。

當然，那個護士不知道纏習山做了什麼可怕行為，但她曾在整形中心遇上幾個回來的女客人，她們都非常生氣的要找纏習山算帳，護士大概知道，纏習山做了一些不為人知的壞事。

可惜，現在卻聯絡不上她，是出了什麼事嗎？

「好像有什麼不對勁……」細豪說。

「我們快走！」

他們走過一條馬路，然後衝入了整形中心！在櫃檯前的女職員被他們嚇到！

「你們……」

「手術室在哪裡？」仁甲心急地問。

「等等，你們是什麼人？」女職員反問。

Step Two

第二步

「這邊！」

細豪說完，立即衝向了走廊的盡頭，推開了那道寫著「閒人免進」的大門！

在他們眼前的景象……

「怎會……怎會這樣？！」

2

數分鐘前。

纏習山在彩粉在的耳邊說了一句說話。

「李福秀嗎？妳復仇嗎？妳真的想復仇？嘰嘰，會不會太天真了？」纏習山說：「我一早已經知道妳來的原因！」

「！！！」

彩粉想睜開眼睛，卻已經沒辦法做到！

纏習山原來已經知道彩粉是來報仇！

等等……

仁甲與細豪不是已經來到手術室？他們沒發現纏習山與彩粉？的確沒有發現，因為，他們跟纏習山所身處的手術室是……

不、同、的、手、術、室！

纏習山在彩粉昏迷後，將她帶到另一間手術室！

仁甲他們打開了大門，只看到沒有人的手術室！

纏習山走向了攝錄機的位置，然後跟鏡頭揮揮手。

「拍得我靚仔嗎？」纏習山對著鏡頭說：「你們這樣偷拍我做手術，絕對是違法而且侵犯了私隱，我一定會追究的，再見了。」

然後他把攝錄機撥到地上，一腳把它踩爛！

他不只知道彩粉要報仇，纏習山甚至知道鏡頭的位置！

為什麼他會知道？！

或者，是白日黑少看了他們「踩罪黨」的友情……

人渣與人渣與之間的友情！

✕✕✕✕✕

一星期前。

島朱乃來到了纏習山的整形中心，她的工作，就是把針孔攝錄機放入他的手術室。

可惜，白日黑想得太美，他給島朱乃的錢，根本沒有作用。

不是因為她不貪錢，而是島朱乃欠纏習山的錢，比白日黑給她的還要多！

「我就知道妳來找我不是為了妳的巨乳。」纏習山看著她的胸部。

「剛才我已經告訴你了。」島朱乃說：「我欠你的錢，一筆勾銷。」

「這個情報真的很貴呢。」纏習山笑說。

「總好過你最後身敗名裂。」島朱乃說：「而且我們這麼多年的友情，才不是假的。」

纏習山一手抱起島朱乃，強吻島朱乃。

「你做什麼？」島朱乃輕輕拍他的胸口。

「就是感謝妳的提醒，哈哈。」

「我才不要你感謝！」

Step Two

「白日黑……柔彩粉……這麼多年了，現在主動出現在我們面前嗎？」纏習山想了一想：

「不如我們將計就計，反過來對付他們！」

「要怎樣做？」島朱乃問。

「妳真的以為我只有一個手術室嗎？」纏習山說：「我還有一個秘密的手術室。」

「為什麼有另一個手術室？」

島朱乃不知道纏習山對來整形的女客人做了什麼事。

「總之，妳就假扮成功安裝好攝錄機，其他的事由我處理。」他說：「到時，一定很好玩，嘰嘰嘰。」

「我不需要還錢給你，對？」島朱乃再次確定。

「我說了算。」

島朱乃高興得吻在他的臉上。

然後，他們兩人都在奸笑了。

3

整形中心手術室門前。

「怎會……怎會這樣？！」

手術室空無一人！

仁甲看著手機的畫面。

「拍得我靚仔嗎？」纏習山對著鏡頭揮揮手：「你們這樣偷拍我做手術，絕對是違法而且侵犯了私隱，我一定會追究的，再見了。」

然後只聽到了一下碎裂的聲音，畫面全黑！

「他……他怎會知道的？如果他有移動過 CAM 我一定會知道！」仁甲驚慌地說。

仁甲沒想到，根本就沒有移動過那個針孔攝錄機，而是根本就在另一個地方！

根本就在另一間手術室！

反而是日黑他們中了纏習山的計！

「難道是……另一個地方？」仁甲在思考著。

「我們報警！」細豪非常慌張。

「報什麼警？現在是我們違法！報警有什麼用？」仁甲說。

「是他們！」此時整形中心的職員帶來了兩個保安：「不知道他們做什麼，闖入了我們的手術室！」

「纏習山的另一個手術室在哪裡？」仁甲捉住職員的肩膊：「在哪裡？！」

「放手！你想做什麼？」

保安一棍打在仁甲的手臂之上！

「呀！」仁甲痛苦地大叫：「人命關天！快告訴我們！纏習山另一個手術室在哪？」

「請你們快離開！不要在這裡搞事！」保安狠狠地說。

他們二人看著沒有畫面的手機，想到彩粉將會遭遇的不測……

「找日黑！快找日黑！」細豪大叫：「跟他說……計劃失敗了！」

……

…

·

同一時間，在纏習山的秘密手術室內。

他愉快地哼著歌曲，準備著豐胸手術的醫療器材。

「啦～啦～啦～啦～」

纏習山正在享受著他的變態嗜好。

他看著全裸昏迷的彩粉，躺在手術床之上：「很美的身體，真的很美！我一定要舔勻妳全身，嘰嘰。」

纏習山用舌頭舔著彩粉的身體，從她的小腿慢慢向上舔到她的大腿內側，彩粉一點意識也沒有！

而他的「那話兒」卻瘋狂地勃起！

然後，他脫下了褲子……

「真的想不到，十多年後妳會自動送上門，看著妳的裸體，我的下體已經蠢蠢欲動了！」纏習山淫邪的樣子表露無遺：「這就是屬於我們的緣份嗎？真的很浪漫！」

他撫摸著彩粉的乳房，就好像跟她按摩一樣。

「有彈性，手感真的不錯。」纏習山說。

他的舌頭又再次出動，樣子非常噁心。

「啦～啦～啦～啦～」

纏習山愉快地用筆在彩粉乳房的下方畫上虛線，虛線就是他要動刀的位置。

「好了，現在手術要開始了，嘰嘰。」

已經超越了變態的他，沒有血，根本沒法滿足他的獸性！沒法滿足他的性慾！

「放心吧，妳一定會很舒服，我會好好的對妳！」

手術刀輕輕在彩粉的乳房下畫了一刀，血水馬上就流出來。

這只是試試手術刀的鋒利程度，血水流在金屬的手術床上。

已經沒有人可以拯救彩粉……她已經肉、隨、砧、板、上！

纏習山舔了一下染血的手指，表情非常滿足。

「現在，開始了！」

Step Two

4

就在他準備下刀之時……突然！

手術室的大門響起了敲門的聲音！

從來也沒有人會敲門，因為只有纏習山能進入這個單位，其他人根本就不知道這裡是一個手術室。

他穿回褲子走到門前，看著大門旁邊的螢光幕，一個男人站在門前。

「怎……怎會？」

男人看著鏡頭說：「不開門嗎？還要我報警等警察來？」

這個男人是……白日黑！

他來到了纏習山的秘密手術室！

纏習山當然認得出日黑，他緩緩打開大門，十六年後，他們再次見面！

白日黑看著單位內的手術床上，昏迷的柔彩粉。

「沒想到，十多年後，你還是這麼……變態。」日黑用一個凌厲的眼神看著他。

「你在說什麼？我只是在替客人做整形手術。」纏習山保持鎮定：「你想怎樣？十多年不見了，現在突然出現？」

其實纏習山明知故問，因為島朱乃一早已經告訴了他，白日黑來找過她，而且柔彩粉也是跟白日黑有關係的人。

「怎樣了？坐了這麼多年監，證明變態的人是你。」纏習山嘲諷日黑：「說變態，你才是變態呢，你是怎樣找到我這裡來？」

白日黑沒有回答他，他關上了大門。

「你想怎樣？」纏習山問。

白日黑把一部電話掉到桌上，電話的畫面播放著影片。

畫面中，拍著這所秘密手術室！而且拍到了纏習山的噁心行為！

「很美的身體，真的很美！我一定要舔勻妳全身，嘰嘰。」

怎可能？不是已經沒有攝錄機的嗎？纏習山心想。

他看著拍攝的大概位置……

怎會？！

是柔彩粉的水晶甲！在水晶甲上放了一個比針孔攝錄機更迷你的鏡頭！

「你真的以為只有一個針孔攝錄機？」白日黑說。

纏習山呆了一樣看著那台手機。

「你、中、計、了。」白日黑說。

白日黑一早已經想到，島朱乃才不會完成他的「任務」，甚至會反過來出賣他。

的確，日黑猜對了。

為什麼他還是要島朱乃安裝針孔攝錄機？

這就是用來掩飾指甲攝錄機的工具！如果只有指甲攝錄機，有機會被纏習山發現。但當他覺得自己已經識破針孔攝錄機的計劃呢？

纏習山以為已經揭穿了白日黑的計畫，他不會再去想，其實會有……**兩台針孔攝錄機！**

白日黑走進手術室，看著乳房下方流血的柔彩粉，他脫下外套，披在她身上。

「你這個人渣……」白日黑回頭看著纏習山：「就算我現在殺了你，也沒有人會怪我！」

他的眼神非常的凶狠！

5

白日黑拿起了旁邊一把手術刀。

「等等……」纏習山舉起了雙手：「有事慢慢商量。」

他知道白日黑得到了自己的犯罪證據，不敢輕舉妄動。

「你殺了我也沒用。」纏習山說：「你們想要什麼？是要錢？還是其他？」

此時，有人敲門。

「開門。」白日黑說。

「是誰？」纏習山問。

「我、叫、你、開、門！」白日黑憤怒地說。

現在的纏習山不能不聽，他打開了大門，是陸仁甲與陳細豪，他們已經聯絡上白日黑，來到這個秘密手術室。

「發……發生什麼事？」陳細豪看著他們。

「先帶彩粉走，之後再說。」白日黑拉上了外套的拉鍊，把彩粉整個人包著：「還有替她治療傷口。」

「明白！」陸仁甲說。

他們二人從手術室把柔彩粉帶走，陳細豪背著彩粉離開。

離開前陸仁甲看了一眼纏習山：「天不收你，我們收你！媽的賤種！」

他們離開後，手術室內只餘下他們兩人。

「我手上的影片，不只可以令你釘牌，只要我公開，曾經的受害者都會紛紛出來控告你。」

白日黑走向了纏習山：「到時就到你坐監了。」

「有事可以商量……」

白日黑一巴掌打在他的臉上，纏習山想還手卻控制著自己。

「我還未說完，你搶著說幹嘛？」白日黑奸笑：「你知道嗎？我坐了十年冤獄，怎也認識幾個裡面的大佬，我通知他們有個大隻佬入去坐監，叫他們要好好招呼你，到時你就會知道，我當時是如何渡過監獄生涯，嘿！」

Ste Two

「你想要什麼？要錢？」纏習山重複問：「我可以給你！講吧，要多少？」

白日黑坐了下來，他沒有回答，只是看著焦急的他。

「快說！你想要什麼？」

「我想把你的小弟弟切下來，然後拿去餵狗。」

「你別要太過份！」纏習山態度轉變：「別要以為一條片就可以用來威脅我！」

「你不怕嗎？現在我就上載上網，應該會是全年最高收看率的影片。」

「你這樣也會傷害柔彩粉！」

「傷害了她嗎？」白日黑站了起來，一手抽起他的醫生袍：「現在你才擔心她嗎？十六年前你有擔心過她？」

「我知道你們想向我報復，不過柔彩粉的事……」纏習山反駁：「根本不是我做的！」

「不是你做……？」

突然！白日黑另一隻手快速拿出針筒，打在纏習山的後頸！纏習山完全來不及反應！

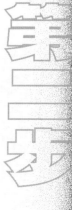

「你……做了什麼？！」他摸著後頸。

「沒什麼，就是讓你嘗試一下被你糟蹋的女人，那份痛苦的滋味！」

纏習山向他揮拳，白日黑閃開，他失足跌倒在地上！

「就只有這種力道嗎？」日日黑說。

在白日黑臉上出現了像死神一樣的笑容！

纏習山全身乏力，他想向門口爬去，可惜，爬到半路……昏迷了。

Step Two

6

山頂道豪宅，凌晨時份。

仁甲與細豪已經把彩粉帶回來，而且已經替她的傷口止血。

「黑……」彩粉在床上叫著：「日黑！」

「彩粉妳終於醒來了！」細豪高興地說。

「黑呢？」彩粉還未完全清醒：「他在哪裡？」

「放心，他已經聯絡我們，做完一些手尾就會回來。」仁甲說：「妳要多點休息。」

「已經……成功了嗎？」彩粉沒聽他說，爬了起來。

「成功了！」

彩粉臉上出現了笑容，她根本就不擔心自己的身體，更緊張日黑與計劃。

他們三人來到了沙發休息，細豪端一杯暖水給她。

「其實我不明白，為什麼日黑會知道妳的位置？」仁甲問。

「日黑一早已經估計到島朱乃不會幫他，而且還會反過來告訴纏習山。」彩粉喝了一口暖水：「不過，我也不知道纏習山會把我運到另一個地方……」

「就是了，我們去到手術室不見妳，擔心得快死！」細豪說。

「那日黑是如何知道妳的位置？」仁甲追問。

彩粉指指自己的肚皮：「追蹤器。」

「什麼？！」

那晚，日黑想阻止彩粉吞下像糖一樣的東西，是一個新型的追蹤器，它能夠逗留在身體內一個多月的時間，不過有副作用會讓人經常嘔吐與身體不適。

彩粉為了報仇，願意做任何事。

不，更正確來說，她願意為日黑做任何事。

彩粉還告訴他們，水晶甲上有更先進的針孔攝錄機。

Step Two

「原來如此，為什麼你們不告訴我們？」細豪問。

「愈少人知道愈好。」彩粉說。

「日黑不是不相信我們。」仁甲清楚日黑的想法，他拍拍細豪的肩膊：「他是一個很小心做事的人。」

「我明白！」細豪搖搖頭說：「不過你們害我擔心一場！」

他們知道自己是用來誤導纏習山的人，不過他們一點也不介意。

「我們已經得到了纏習山的證據，下一步要怎樣？」細豪問。

彩粉看著手中的水杯：「他將會……比死更難受。」

此時，傳來了打開大門的聲音。

「我回來了。」

「日黑！」細豪高興地大叫。

彩粉快速起來，走到他的身邊，擁抱著他。

「妳沒事嗎？」日黑問。

「沒事，只是傷口有點痛。」彩粉說。

「辛苦妳了。」日黑把彩粉的長髮撥向耳後。

日黑一直利用彩粉？

怎樣也好，彩粉一點都不介意。除了為了報仇，她更想幫助二十多年人生中，最重要的人，一個深愛的男人。

「那個纏習山現在怎樣了？」仁甲也走了過來。

「他在一個沒有人知道的地方。」日黑說：「等待審判的來臨。」

「別站在門口了，坐下來再說！」細豪說。

他們四人坐到沙發，日黑解釋了整個計劃。

他當時追蹤發現彩粉的位置不是在整形中心，從彩粉的指甲攝錄機追蹤到纏習山的移動路線，日黑才知道纏習山把她移到另一個地點。

可以把彩粉整個人運走而又不被發現的地方，絕對不會離開整形中心太遠。

Step Two

日黑看過中心的整座建築物藍圖，就只有一個地方可以做到……

大廈的地庫單位。

纏習山從整形中心的後門離開，經貨物升降機來到地庫，當然，纏習山熟悉後門走廊的情況，知道什麼時間是沒有人出入。

當運走彩粉時，完全沒有被人發現。

這就是纏習山一直使用的方法，把受害者運到另一間秘密手術室，完成他的變態行為，再將受害者運回正常的手術室。

日黑也利用了纏習山這條「秘密通道」，在夜深無人時，把纏習山運走。

「你說沒有人知道的地方是在哪裡？」細豪問。

「西貢郊外。」

7

三天後，高級酒店套房。

「還未找到習山？」

「未，他的手機也打不通。」

「不如……報警吧。」

「不行！不能報警！」茅燦柴反對。

除了纏習山，其他的五個人鄧鏡夜、櫻滿春、曲玄玄、島朱乃，還有茅燦柴都在，他們討論著最近發生在自己身上的事。

島朱乃告訴了他們，白日黑與柔彩粉再次出現，不難想到，所有的事都是由他們兩個人而起。

他們各自有自己的「黑歷史」，如果報警，將會影響現在的生活。尤其是茅燦柴，他的惡行不能再被刮出來，所以他反對報警。

「媽的！」茅燦柴生氣得把杯中的酒一口喝光：「我一定要找出他們！」

「問題是，現在是我們在明，他們在暗。」曲玄玄說：「我怎算也算不出十多年後會有這一個『劫』。」

「明明就說要找出那個柔彩粉，現在反過來被她對付了。」已經很少抽煙的櫻滿春也吐出了煙圈。

「這不是更好？」鄧鏡夜喝了一口紅酒：「他們自投羅網。」

「問題是……」茅燦柴說：「我們不知道他們知道我們什麼的過去！」

「你怕什麼？」曲玄玄說：「你有很多不想人知的過去嗎？」

「妳沒有嗎？」茅燦柴反駁：「別忘記當年我們是如何對待他們！」

「其實我真的想知道……」櫻滿春問：「當年我們離開後，是誰回去性侵柔彩粉？是你們誰做的？」

當年，虐待完彩粉後，他們本來一起去吃飯，不過最後不知道是什麼原因沒有吃，大家鳥獸散。

此時，全場都靜了下來。

「一定是你們三個男人！」曲玄玄問：「只有你們才會想出這麼變態的玩意！」

「去妳的！一定是我們嗎？如果要說骯髒的事，妳們比我做得更髒！」茅燦柴反駁。

「怎會是我們？」島朱乃說：「當年柔彩粉口腔中有男性的精液，難道是我們射精嗎？」

「也可以是妳們找了其他男人來侵犯她，不行嗎？」茅燦柴搬出這個假設。

的確，就算知道是他們六人所為，也不知道當中是誰做的。

那天晚上，他們六人知道是最後一堂素描課，決定對柔彩粉來一次「終極」欺凌，他們玩著啤牌遊戲，最後把畫筆插入了她的下體。

但當天他們離開後，是誰回去性侵犯柔彩粉，他們六人也不知道。

當年，因為他們六人的確有集體欺凌過柔彩粉，如果被發現，就算性侵不是他們所為，他們也難逃欺凌的刑責。

就因如此，他們的家人收買了當時的律師、醫生，甚至是法官，把所有罪名推到白日黑的身上。

Step Two

本來他們叫張志萬吩咐白日黑回去美術室，就是想嫁禍他，不過，沒想到事情會發展到這麼嚴重。

「現在不是內訌的時候。」鄧鏡夜說：「最重要找出習山的下落，還有白日黑他們。」

「怎樣找？」

「別忘記，這麼多年來，我們比別人擁有更多的是什麼？」鄧鏡夜看著他們。

他們立即明白鄧鏡夜的說話。

「踩罪黨」六人，也許每人的家境與財力都有高低，不過，可以肯定的是，他們是全港最有錢、最有權有勢的前 5%。

他們都在金字塔的頂層，用錢可以做任何事。

對於他們來說，腳下的根本就不算是「人」，只是他們的奴隸，為了錢任由擺佈的奴隸。

「想報仇嗎？他們根本是在跟我們宣戰。」鄧鏡夜搖搖酒杯：「十多年前，他們像螞蟻一樣被我們踐踏，十多年後，他們將會有相、同、命、運！」

其他人聽到鄧鏡夜的說話，安心多了，每個人都露出了奸險的笑容。

Step Two

8

兩日前的晚上。

西貢郊外，一個貨櫃箱。

這個貨櫃箱日黑幾年前已經安排好。

一個赤裸的男人被鐵鏈鎖在一張手術床上，他是……纏習山。

日黑把他帶來了這個無人的地方，進行他的「審判」。

貨櫃箱內除了纏習山，還有很多「生物」，一直在吱吱吱吱地叫。

是大量的老鼠。

就連日黑也沒有想到，最初只是放入幾隻老鼠，給牠們食物與水，牠們就不斷繁殖，現在竟然有過百隻老鼠。

不過，他已經有一段時間沒有留下食物，老鼠群非常的飢餓。

日黑把其中一隻老鼠，掉向纏習山的臉上把他弄醒。

「發……發生什麼事？！」纏習山迷迷糊糊地說：「這是哪裡？」

「醒了嗎？」日黑坐在一張木椅上看著他：「把你帶來這裡，真的花很多氣力呢。」

「去你的！快放了我！」纏習山回憶起昏迷前的事：「你這個賤種！」

「醒了就好，我也沒太多時間了。」

他拿出針筒，在纏習山的手臂上打下一針。

「你在做什麼？！」纏習山用力掙扎，可惜鐵鏈把他完全鎖死。

「沒什麼，就想讓你嘗試一下我最痛苦的事。」

液體注入後，纏習山感覺到自己那話兒不自覺地勃起！

「這壯陽藥有幾倍的功效，你應該感受到了。」日黑看著他的那話兒：「的確，很雄偉。」

然後，他把一罐罐頭肉汁倒在他的那話兒上！

「你……你想做什麼？」纏習山像瘋狗一樣大叫。

「沒什麼，我想牠們應該很餓了。」日黑指著地上過百隻老鼠。

纏習山瞪大了雙眼，他已經知道將會發生什麼事！

「你知道男人最痛是什麼？因為你們幾個人，讓我一世也不能像正常的男人。」日黑說話沒有半點抑揚頓挫，很平淡：「很快，你就會明白那是什麼感覺。」

日黑拾起其中一隻老鼠，然後……把老鼠放在纏習山的大腿上！

老鼠被肉汁的氣味吸引，慢慢走到纏習山雄偉的那話兒！

牠一口咬下！

「呀！！！」

纏習山痛苦地慘叫！

同時，在地上沒法走上手術床的老鼠也嗅到香味，在手術床下蠢蠢欲動！

那隻「幸運」的老鼠繼續咬食他的下體！牠一小口一小口地咬，纏習山就像被針刺入下體一樣！

「痛苦嗎？但怎也不及我跟彩粉痛苦。」日黑說：「你終於明白被欺凌的感覺了嗎？」

「不要……很痛！不要這樣！」纏習山全身在抽搐。

「看來你以後也沒法用那話兒來做壞事了。」日黑看著血水不斷流出：「不，也許，連小便也要一世用尿袋。」

「放過我！求求你放過我！」纏習山眼淚鼻涕齊流。

「放過你？」日黑在手術床前方拔走一支鐵支：「現、在、我、就、放、過、你！」

他用力一踢！手術床前方跌下！纏習山就像玩瀡滑梯一樣，整個人向下滑！

上百隻老鼠蜂擁而至！

牠們的目標就只有……美味的「大肉腸」！

「呀呀呀呀**呀呀呀！！！！**」

日黑沒有再理會他，轉身離開，他只聽到背後傳來的痛苦慘叫！

同時，在他的臉上出現了……久違的笑容。

從心而發的笑容！

9

三天後。

中半山舊山頂道某豪宅區。

豪宅內已經被翻箱倒籠，可惜沒找到日黑他們的任何東西，人去樓空。

黑衣人打出一個電話，他的聲音沙啞：「鄧生，什麼也沒有發現。」

「珍姐又找不到，白日黑又找不到，柄勇，我請你來幹嘛？」鄧鏡夜說。

「對不起，我們……」

此時，豪宅內的電話響起，其他的黑衣人也看著柄勇，他點點頭，黑衣人按下了廣播器接聽。

一把沉重的呼吸聲。

「誰？」

「我才要問你們是誰，為什麼來我家搗亂？」

電話裡的人是白日黑！

「有找到什麼重要的東西嗎？」白日黑說：「沒找到我就給你們一點提示吧，在沙發下方。」

黑衣人立即把沙發反轉，在沙發的底部發現了一隻 USB 手指。

「把它交給你們的鄧生吧。」日黑說：「我相信，鄧鏡夜一定很喜歡 USB 的內容。」

「這是什麼？」柄勇問。

「柄勇，你在跟鄧鏡夜通電話嗎？」日黑說：「我很喜歡你的公雞髮型呢。」

單位內的黑衣人四處望，他們知道單位內放了隱蔽的攝錄機！

「你在哪裡？！」柄勇問。

「彌敦道九號。」日黑笑說：「你代我跟鄧鏡夜說一聲，幾秒後他將會收到一張非常有藝術感的相片，再見。」

「別掛線！喂喂喂喂！」

「鄧生，剛才……」柄勇說。

「我聽到。」鄧鏡夜說：「他們已經早有準備。」

正在鄧氏貿易大樓辦公室的他，收到一個加入群組的訊息。

在一個 WhatsApp Group 內，還有其他五個人，而 Group 的名字叫做……

「**踩罪黨**」。

「HI ALL！」

發出訊息的人是……纏習山！

「櫻滿春、曲玄玄、島朱乃、茅燦柴、鄧鏡夜你們好！」

然後纏習山的手機號碼，發出了一張相片……

一個赤裸男人，下體血肉模糊的相片！

不難想到，相片中的人就是纏習山！有人正在使用他的手機！

「別要心急，很快……就到你們了！嘰嘰嘰嘰嘰嘰嘰嘰嘰嘰嘰嘰嘰嘰嘰嘰！」

無數個「嘰」字出現在手機畫面上，就像在嘲笑著被耍得團團轉的他們！

鄧鏡夜的手機響起，是櫻滿春打來。

「鏡夜，那張相片……」櫻滿春帶點驚慌。

「那人應該就是習山。」

鄧鏡夜看著辦公室下像螞蟻一樣的人群。

一直以來，都是他把人群踩在腳下，現在他卻被日黑牽著鼻子走……

他的內心非常生氣！

「我會找人調查習山手機發出的訊號位置。」鄧鏡夜緊握著手機，像快要把手機握碎：「滿春跟其他人說，叫大家小心，他們已經正式向我們……宣戰。」

鄧鏡夜說完後掛線，他用力把手機掉向玻璃，宣洩他的憤怒！

「白日黑，來吧，我就跟你玩！嘿！」

他笑得比魔鬼更猙獰！

第二步

白日黑想完成整個報仇計劃？

也許不會是一件簡單的事。

……

：

報仇計劃會順利進行？

還是終告失敗？

《黑歷史》將會帶你繼續進入……

人類社會最黑暗的世界！

《黑歷史》第一部完
待續

Step Two

孤泣特別鳴謝

孤泣小說團隊

由出版第一本書開始，只得我一人。直至現在，已經擁有一個孤泣小說的小小團隊。謝謝一直幫忙的朋友。從來，世界上衡量的單位也會用金錢來掛勾，但在這個「孤泣小說團隊」中，讓我發現，別人為自己無條件的付出。而當中推動的力量就只有四個大字——「我支持你！」很感動！在此，就讓我來介紹一直默默地在我背後支持的團隊成員。

App 製作部

Jason

傳說中的 Jason 是以戇直、純真、傻勁加上一點點的熱血配製而成。為了達成一個小小的夢想，忍痛放棄一份外人以為穩定的工作，毅然投身自由創作人的行列。希望可以創作屬於自己的 iOS App、繪本、魔術書、氣球玩藝書、攝影手冊、攝影集、IT工具書等。歡迎大家來 www.jasonworkshop.com 參觀哦！

編校部

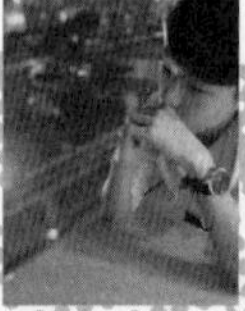

RONALD

學藝未精小伙子，竟卻有幸擔任孤泣小說的校對工作。可說是人生一大幸運的事。

編校部

曦雪

曦雪，愛幻想、愛看書、愛笑愛叫的怪小孩，平時所有愛做的都不會做。嘉歡寫作卻不會寫，說是因為懂寫不懂作。

Winnifred，現實中的化妝師，見證多少有情人終成眷屬。喜歡美麗的事物，自成一格的審美態度：「美，可以是看不到、觸不到，卻能感受得到。」機緣巧合，成為孤泣的文字化妝師。

多媒體與平面設計部

阿鋒

平面設計師，孤泣愛好者。由讀者搖身一變成為團隊成員之一，期望以自己的能力助孤泣一臂之力。

RICKY LEUNG

兜了一圈，原地做夢！感激孤泣賞識同時多謝工作室團隊，這團火燒到了我。創作人，路是難行但並不孤單。

阿祖

喜歡電影、漫畫、小說、創作，希望替孤泣塑造一個更立體的世界。

插畫部

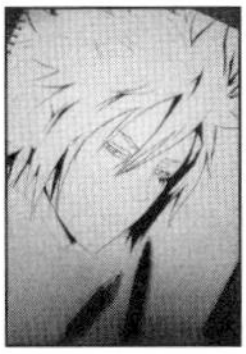

13

不善於用文字去表達心情，但喜歡以圖畫畫出一片天空，這片天空是無限大，同時存在了無限個可能。多謝孤泣給我機會發揮我自己，而孤泣的小說，是我的優質食糧。

法律顧問

X律師

當孤泣問我如何殺人不坐監、未來人受不受法律約束時，我決定成為他的顧問，律師費請匯入我戶口，哈哈。

宣傳部

孤迷會

孤迷會 (Official)FB：
https://www.facebook.com/lwoavieclub
IG: LWOAVIECLUB

孤泣作品
LWOAVIE RAY COLLECTION
29

黑歷史 01

孤泣 著

校對編輯 首喬 ／ 封面題字、設計 孤泣 ／ 美術排版 joe
出版 孤泣工作室有限公司 荃灣德士古道212號W 212 2005室
發行 一代匯集 九龍旺角塘尾道64號龍駒企業大廈10樓B & D室
承印 美雅印刷製本有限公司 九龍觀塘榮業街6 號海濱工業大廈4 樓A 室
出版日期 2024年7月 ／ ISBN 978-988-75831-6-5 ／ 定價 港幣 $118

孤出版

lwoavie1 lwoavie

孤泣個人網址 ray.lwoavie.com

版權所有 翻印必究 © All Rights Reserved.